o primo de Deus
e outras histórias

● RICARDO TIEZZI

o primo de Deus

e outras histórias

O PRIMO DE DEUS
Copyright © 2009 by Ricardo Tiezzi
1ª edição – abril de 2009

Editor e Publisher
Luiz Fernando Emediato

Diretora Editorial
Fernanda Emediato

Capa e projeto gráfico
Genildo Santana/ Lumiar Design

Preparação de texto
Gabriel Senador Kwak

Revisão
Márcia Benjamim Oliveira

DADOS INTERNACIONAIS DE CATALOGAÇÃO NA PUBLICAÇÃO (CIP)
(Câmara Brasileira do Livro, SP, Brasil)

Tiezzi, Ricardo
O primo de Deus e outras histórias / Ricardo
Tiezzi. -- São Paulo : Geração Editorial, 2009.

ISBN 978-85-61501-20-4

1. Contos brasileiros I. Título.

09-01819   CDD-869.93

ÍNDICES PARA CATÁLOGO SISTEMÁTICO

1. Contos : Literatura brasileira 869.93

**GERAÇÃO EDITORIAL
ADMINISTRAÇÃO E VENDAS**
Rua Pedra Bonita, 870
CEP: 30430-390 – Belo Horizonte – MG
Telefax: (31) 3379-0620
Email: leitura@editoraleitura.com.br

EDITORIAL
Rua Major Quedinho, 111 – 7º andar - cj. 702
CEP: 01050-030 – São Paulo – SP
Tel.: (11) 3256-4444 – Fax: (11) 3257-6373
Email: producao.editorial@terra.com.br
www.geracaoeditorial.com.br

2009
Impresso no Brasil
Printed in Brazil

Dedico este livro a duas pessoas que, sem elas, nada disso seria possível: Adão e Eva.

•Índice

Globalização__(9)
A arte do desencontro__(12)
O duelo__(16)
Dúvida retumbante__(20)
Mercado livre__(24)
Sobe!__(27)
Casa dos filósofos__(31)
Dialética__(33)
Pra que complicar?__(35)
Personagens__(38)
Curinga__(40)
Fábulas imorais: a mariposa e o urubu__(45)
Sobre ontem à noite__(49)
Tempo, tempo, tempo__(54)
Método teatral Zé Celso__(59)

Mulher proibida__(60)
Horário eleitoral__(65)
Porquês__(68)
Autoajuda com o Dr. Apolônio__(72)
Pais & filhos__(75)
Considerações extemporâneas__(80)
Aforismos desaforados__(84)
Retratos de família__(86)
Aqui me tens de regresso__(89)
Vácuo__(92)
Perfume de gardênia__(95)
Fábulas imorais: a formiga e o narrador__(99)
Videogame__(103)
Crônica de Páscoa__(106)
A importância de ser Zé__(109)
Tudo por amor__(111)
A História da Filosofia segundo o homem comum__(114)
Memórias esquecidas__(119)
Virgens eternas__(123)
A velha louca__(125)
Regularizar a situação__(128)
Compreensão tem limite__(132)
História macabra__(137)
O primo de Deus__(139)

Globalização

Geovani dizia sempre que não era dono da esposa, mas apenas o acionista majoritário. Diante de olhares incrédulos explicava suas contas: a mulher de Geovani, Renata, era um mulherão; querer cem por cento do patrimônio, explicava o marido, era ilusão que ele não comprava; por isso, concluía, melhor uma empresa de capital aberto rentável do que uma fechada que o deixava no prejuízo.

Na mesa de bar, sempre que Geovani expunha suas ideias que tratava por "lúcidas e, quiçá, revolucionárias", alguém o advertia se ele não estava deixando o capital abrir demais. Mas o fato é que por trás daquele despeito todos queriam certa participação acionária na mulher do Geovani, e nunca conseguiram.

Um dia, porém, um amigo disparou:
— A Renata recebe também capital estrangeiro?

Geovani não entendeu a insinuação. Mas como queria ter sempre uma resposta para dar, disse "naturalmente". E explicou que no mundo globalizado o capital não tem fronteiras.

À noite, especulou com a esposa — eram raras as vezes em que fazia isso — com quem que ela andava saindo. Renata, enquanto punha a camisola sob o olhar admirado de Geovani, primeiro tentou mudar de assunto, mas vendo que a informação interessava de fato ao marido, limitou-se a dizer: "Com um espanhol aí."

Geovani sentiu-se mais seguro. Pelo menos estava sabendo das tendências do mercado. Além do que, era um homem esclarecido: que diferença fazia se o sócio falava a língua de Machado ou de Cervantes?

O problema é que à medida que o tempo passava os espanhóis pareciam controlar cada vez mais a *holding*. Os amigos diziam para Geovani abrir o olho, tomar o controle da situação. Geovani protestava — "Onde já se viu impedir a livre iniciativa?" — mas não conseguia esconder a preocupação.

Um dia, no entanto, perdeu o controle da empresa. Renata foi simples e direta como um funcionário que comunica uma demissão:

— Estou indo embora para a Espanha. Foi legal entre a gente. Fica chateado não.

Fez as malas e partiu. Mais tarde, sozinho em casa, Geovani viu que ela tinha esquecido a camisola que ele tanto apreciava. Ficou horas alisando o tecido e pensando em economia. Chorou.

Hoje Geovani é um nacionalista convicto. Tem gravado discursos do Brizola, participa de protestos contra a globalização e, à primeira oportunidade, tece longos discursos xenófobos.

Vive tranquilo com sua noiva, Vivian. A firma é pequena, sem grandes atrativos, mas pelo menos não dá tanto trabalho. E é sua, toda sua. Pelo menos é o que o Geovani acha.

A arte do desencontro

Eram oito à mesa. Três casais e a Flávia e o Juraci solteiros. Os outros forjaram o jantar para que a Flávia e o Juraci se conhecessem. A Margareth arriscou um prognóstico.

— Casal que eu apresento jamais se separa.

A Flávia e o Juraci coraram.

— E o Beto e a Fernanda? — lembrou o Nunes.

— Que é que tem? — quis saber a Margareth.

— Você os apresentou e hoje estão se divorciando.

— E na Justiça! — acrescentou o Bicalho.

Margareth se serviu de mais salada como quem diz "tudo tem uma exceção". (Se é que é possível o ato de se servir de salada significar alguma coisa.)

A verdade é que o esforço coletivo mais atrapalhava do que ajudava na missão.

A Flávia e o Juraci mal conseguiam se olhar, quanto mais trocar palavras. Os outros seis observavam cada movimento, cada reação. Os estímulos não faziam efeito.

— Juraci, eu contei para a Flávia quem é você no chá-chá-chá — tentou a Belinha.

— Pois é — limitou-se a responder o Juraci. E se serviu de mais salada.

— A Flávia gosta muito de dançar. Não é, Flavinha?

— É.

A cada diálogo lacônico se seguia um silêncio prolixo. Houve tentativas de puxar diversos assuntos: política, futebol, aviação civil, novela, o trabalho do Nestor, a lentidão da Justiça, misticismo, as férias do Valdir, a mancada que o Nestor deu com o chefe, o atrevimento da vizinha do 402. O Zé Miguel tentou expor sua teoria sobre a influência do Big Bang no Bang Bang, mas se atrapalhou no meio. O Nestor começou a se deprimir e se serviu de mais salada.

O Juraci e a Flávia escorregavam cada vez mais na cadeira, querendo sumir. O Valdir arriscou um chiste dizendo que os dois queriam ficar a sós embaixo da mesa. O constrangimento aumentou.

Às 10h30 o Bicalho perdeu a paciência:

— Pra mim chega. Esses dois não vão desencalhar nunca — fez uma pausa e emendou. — E eu não aguento mais comer salada!

A Margareth aproveitou a deixa para ir buscar o faisão no forno. A Helena tentou colocar panos quentes.

— Calma, Bicalho. É o jeito deles.

O Valdir pôs a mão sobre o braço da esposa.

— Deixa, deixa. Alguém tem que falar.

Seguiu-se uma saraivada de comentários, críticas, reprimendas, observações sinceras sobre a Flávia e o Juraci. Às vezes falavam para eles, outras conversavam entre si como se não estivessem presentes. O ponto central era que aquele comportamento antissocial estava começando a ficar desagradável.

— Começando? A gente não suporta esses dois há anos! — corrigiu o Bicalho.

A Belinha tentou ser compreensiva.

— A gente achou que talvez se vocês se conhecessem... Afinal...

— ... são duas múmias — completou o Zé Miguel.

A explosão de sinceridade tornou o jantar até divertido. E, quem sabe, o método radical não surtiria efeito? Vai que o Juraci e a Flávia resolvessem reagir e liberar o humano, demasiado humano, que vivia dentro deles?

Quem sabe o jantar não terminava com o Juraci tomando uma atitude, jogando a Flávia em cima da mesa e a agarrando ali mesmo, entre o faisão e os tomates cereja?

A Margareth decidiu provocar.

— E aí, ô dois. Vocês não vão falar nada, não?

A Flávia ameaçou, mas como se tivesse engasgado com a palavra desistiu e baixou a cabeça. O Juraci sentiu-se injustiçado. Encheu-se de coragem para responder.

— Pois é.

O duelo

Jack Packard era o sujeito mais durão que o Velho Oeste já conheceu. Perto dele, John Wayne parecia interpretar a noviça rebelde. Corria a lenda de que Packard tinha uma flecha atravessada no crânio, resultado de um embate com uma tribo inteira de índios. Packard — o facínora, o sanguinário, o vil, outros nomes pelos quais era conhecido — teria arrancado o pedaço da flecha que ficou para fora de sua cabeça e jurado que mataria um índio a cada vez que precisasse tomar aspirina. Quando perguntado o que havia feito com o pedaço de flecha, Jack, o maldito, dava uma risada grossa como um rugido, cuspia no chão e respondia que melhor sofrer de dor de cabeça do que de hemorroidas, como o índio que o havia atingido.

Dizem também que certa vez um garçom tropeçou quando ia servi-lo, e derrubou *scotch* nas botas de Jack, o assassino. Jack tinha especial apreço por suas botas. Volta e meia Jack anunciava aos caras do *saloon* que tinha sangue índio. Os caras do *saloon* fingiam surpresa, pois já haviam ouvido aquela história um milhão de vezes, mas quem iria avisar Jack Packard que ele estava sendo repetitivo? Então um deles, seguindo o *script*, levantava a lebre: "Sangue índio, Jack?" "Sim, nas botas." E Jack rugia, sendo logo seguido pelos caras do *saloon*.

Por isso, o garçom ficou tão pálido que um dos clientes sugeriu que ele esperasse morrer primeiro para só depois adotar cor de defunto. Mas, para surpresa de todos, Packard, o cruel, levantou-se e amigavelmente colocou a mão no ombro do garçom: — Não tem problema. Acidentes acontecem.

O garçom, sentindo que havia reencarnado, emitiu um suspiro profundo. Foi quando Packard, o perverso, tirou sua arma do coldre e disse que ela mesmo já havia disparado por acidente várias vezes. Quando a bala atravessou o cérebro do garçom, espalhando miolos nos pratos dos clientes, Jack, o desumano, teria comentado: — Oh, droga. Preciso mandar essa coisa pro conserto. Bem, pelo menos vamos ter proteínas.

Pois bem, a história que nos chegou é de que certa manhã anunciaram que um forasteiro havia desafiado Jack, o invencível, para um duelo. Ninguém sabia de onde tinha vindo tal forasteiro, mas todos sabiam para onde ia:

o inferno. Jack, o meticuloso, era capaz de acertar com uma bala um pernilongo que estivesse picando um companheiro a 30 metros de distância. A 50 metros, não garantia que matava o pernilongo, mas deixava aleijado. Era mais veloz no gatilho que as asas de um beija-flor; mas certa vez um bajulador fez esse comentário a ele e Jack, o bruto, achou que se tratava de zombaria. Jack, o insano, o furou com doze balas em menos de cinco segundos. E olha que teve que parar para recarregar o pente.

E alguém queria duelar com ele.

O desafiante se chamava Carl, logo batizado como O Suicida. Na frente do *saloon*, ao cair da tarde, o mestre de cerimônias apresentou Jack Packard, o bruto, o cruel, o infame — sim, Jack considerava "infame" um elogio — 105 duelos e 105 vitórias "já contando a de hoje". Ao apresentar Carl, apenas olhou para ele e disse: "Deus guarde a sua alma."

Frente a frente, Jack segurou o cabo de seu revólver. Carl fez o mesmo. Jack tinha o instinto de morte. Para ele, matar era tão vital quanto comer, embora não comesse tanto quanto matasse. Packard, o imundo, só aguardava que Carl piscasse para nunca mais abrir os olhos.

Carl puxou a arma rapidamente, apontou para Jack e... tomou tantos tiros que parecia estar duelando contra um exército inteiro. Seu último pensamento foi "de onde ele tirou essa metralhadora?" Sua última palavra, já de joelhos e prestes a tombar para a eternidade, foi: "Papai."

Um oooohhhhh geral ecoou pelo Velho Oeste. Então aquele forasteiro era o filho bastardo que Jack havia tido quando violou uma mulher num condado próximo? O filho desaparecido que havia virado lenda, que havia praticado a sua primeira morte porque não gostou do jeito como um adulto fez "bilu-bilu" em seu queixo? Sim, o sucessor de Jack, o rude, o bárbaro, o escabroso, estava morto. E pelas mãos do seu próprio pai.

No silêncio da tarde Jack Packard aproximou-se de Carl. Com suas botas sanguinárias, virou o corpo inerte. Só então se deu conta de que o forasteiro tinha o rosto muito parecido com o dele — o rosto por baixo das cicatrizes, claro. O público se aproximou para ver a cena inédita: Jack, o insensível, se emocionaria?

Mas Jack Packard apenas balançou a cabeça e comentou:

— Filhos... Sempre dando trabalho.

Dúvida retumbante

— Pai, o que é fúlgido?
— O quê?
— Fúlgido. Que que quer dizer?
— Onde você viu isso?
— No Hino Nacional. Você sabe o que significa?
— Bem... depende do contexto. Qual é a frase inteira mesmo?
— E o sol da liberdade em raios fúlgidos brilhou no céu da pátria nesse instante.

O pai nunca tinha prestado atenção ao trecho. Mas não queria passar por antipatriota.

— Seguinte: o hino está dizendo que o sol brilhou de um jeito todo especial naquele instante, entendeu?
— Ah.

O pai voltou para o jornal. Cumprira seu dever cívico.

— Que instante, pai?

— Como assim que instante?

— Você disse que o sol brilhou no tal instante.

— Não, não fui eu que disse. Foi o Hino — disse o pai tentando ganhar tempo.

— E o que significa?

O pai cantou mentalmente para ver do que se tratava.

— Ah, sim. Pra gente entender, a gente tem que ir na frase seguinte. "Se o penhor dessa igualdade conseguimos conquistar com braço forte."

— Pai, o que é...

O pai se apressou em interromper.

— Quer dizer, na frase anterior. O sentido está na frase anterior. Naquele instante, o do grito, o sol brilhou com seus raios fúlgidos.

— Que grito? Não tem grito nenhum.

— Claro que tem. Aqui ó: de um povo heroico o brado retumbante. Brado é grito.

— Ah... E retumbante, é o quê?

— Forte, alto.

— Quem gritou?

— O povo. O povo heroico.

— Um monte de gente gritou ao mesmo tempo?

— Acho que sim. Quer dizer, foi. É o que o Hino está dizendo, não é?

— E todo mundo gritou a mesma coisa?

— É — respondeu o pai sem muita convicção. Mas por ora a explicação estava boa. O filho voltou para a lição.

— Pai, o que é plácidas?

— Limpas.

— E ouviram?

— Como?

— O que é ouviram?

— Ué, é do verbo ouvir. Eles ouviram.

— Ah, então o começo do Hino é como se fosse "eles ouviram do Ipiranga"?

— Isso mesmo — disse o pai. E pensou: garoto esperto.

— Quem ouviram?

— Quem o quê?

— Quem ouviram o grito?

— Quem "ouviu" você quer dizer.

— Mas no hino não é ouviram?

— Sim, mas a pergunta é quem ouviu.

— Então tá... e quem ouviu?

— Ah, as pessoas.

— Que pessoas?

— O povo, os brasileiros.

— Mas não foi o povo que gritou? Você acabou de dizer.

— É... foi.

— Eles gritaram e eles mesmos ouviram?

E agora? O pai nunca havia se tocado desse problema. Tinha que pensar rápido.

— Não, meu filho. Alguns gritaram e outros ouviram.

— Ah — os olhos do menino se iluminaram como se agora tudo fizesse sentido.

— E estava sol?

— É, estava sol.

O filho largou o livro e foi brincar. O pai ficou imaginando a cena: um monte de gente de um lado do Ipiranga gritando Independência ou Morte e, do outro, um monte de gente ouvindo. Todo mundo debaixo de sol. Definitivamente não fazia sentido. É por isso que esse país não vai pra frente, pensou. E largou o jornal.

Mercado livre

Pense no seu futuro. Não, não, mais no futuro. Mais ainda. Mais pra frente. É por aí, você está chegando perto. Um pouco mais pro futuro. É isso mesmo que você está pensando! Só os caixões Ouro Fino vão lhe garantir o conforto que você quis ter em vida. E com um preço que não está pela hora da morte, embora seja para a hora da morte. E atenção: a primeira prestação você só paga depois de morto. É isso mesmo! Você encomenda o seu Ouro Fino agora e a conta vai para aquele seu cunhado desagradável. Pense bem, enquanto você ainda pode pensar.

༄

Você pretende dar um golpe na praça e não sabe como proceder? Decidiu parar de procurar emprego e dedicar-se ao latrocínio? Não sabe como abrir um caixa dois? Desistiu de reclamar de corrupções, prevaricações, escândalos financeiros e agora quer participar deles? Nós temos a solução pro seu problema. É isso mesmo que você ouviu! A Irmãos Metralha Ltda. é uma consultoria especializada em vilanias, picaretagens, mutretas e afins. Nossos profissionais são assassinos, assaltantes, chantagistas e vigaristas escolhidos entre os melhores do mercado. Escolha entre as várias opções de negócios, desde enganar velhinhas na fila do INSS até os tradicionais golpes religiosos e com prostituição. Ou os dois ao mesmo tempo, que é um mercado promissor. Nosso *slogan*: Caráter é bom, mas não dá dinheiro.

ꙮ

Seja sincero: quando você chega em casa cansado do trabalho, estressado com o trânsito, irritado com o chefe, qual é a primeira coisa que você faz? Descarrega tudo na mulher, não é verdade? Mas também não é para menos, não é verdade? Ela, quando está de TPM, também não descarrega tudo em você? E assim segue a vida: um joga a bucha para o outro, que passa a bronca para a frente, que humilha o próximo, até que o mundo torna-se um exército de infelizes. Mas nós temos a solução revolucionária! A Sal Grosso S.A. criou um conceito inovador que pode salvar as suas relações: o saco de pancadas humano. Contrate os nossos serviços e nós enviaremos para sua casa, para seu escritório ou para onde você quiser, um sujeito bem simplório, incapaz de uma reação, o tipo que engole tudo calado. Para que você possa xingá-lo, espinafrá-lo, humilhá-lo, expô-lo ao ridículo o quanto você quiser, 24 horas por dia. Descarregue a sua bílis e seja feliz! É, na verdade não rimou. Isso te irrita? Mande a gente para o inferno. É, isso mesmo que nós somos. Ofenda mais. Você começou a pegar o espírito da coisa.

༄

Nós temos um produto que vai mudar sua vida. Compre agora as Patitas Feliculosas. O quê? Não sabe o que é isso? A-há, esse é o ponto. Desde quando você sabe o que são as porcarias que você compra? Lembra daquele xampu exclusivo com fórmula Omadine? E aqueles matinais que tinham todas as vitaminas e sais minerais que seu corpo precisa? Quais eram? Pois é, você não sabe nem quais eram, quanto mais se seu corpo precisava. Nossa proposta é simples e revolucionária: em vez de gastar dinheiro com um monte de porcarias inúteis, compre uma só — a mais inútil de todas — e economize. As Patitas Feliculosas não servem para absolutamente nada. Você vai recebê-las pelo correio e largar direto naquele armário do quarto de empregada, junto com o aparelho de abdominais, a enciclopédia do reino animal e o faqueiro exclusivo. Isso selará o fim do seu hábito de consumo irracional. Chega de inutilidades! Compre as Patitas Feliculosas! Patitas Feliculosas, o fim do desperdício!

• Sobe!

— Desce?
— Desce.
Silêncio.
— E esse tempo, hein?
— Pois é, que coisa.
Silêncio.
— Você...
— Será que...
— Opa, desculpe. Pode falar.
— Não, fala você.
— Faço questão.
— Primeiro as damas.
Ela sorriu.
— Você é meu vizinho de cima, né?
— Não sei. Depende.

— Depende?
— Você é minha vizinha de baixo?
Ela riu.
— Prazer, Carlos.
— Amanda. O prazer é meu.
Silêncio.
— Esse elevador, hein? Sempre demorado.
— Hoje até que eu estou gostando.
— Ah, é? Por quê?
— Mais tempo pra gente se conhecer.
Ela corou. Térreo.
— Você vai descer?
— Se você não se importa, te acompanho até a garagem. Vai que você se perde no caminho.
Ela riu. Mexeu nos cabelos. Garagem.
— Então tá.
— A gente se fala.
Ela saiu. Quando a porta estava quase fechando, tornou a abrir. Ela sorria, sem graça.
— Acho que eu esqueci uma coisa no apartamento. Vou ter que voltar.
— Aproveita que está subindo.
Ela entrou. Silêncio.
— O tempo está esquentando, né?
— Uma loucura.

— Você passou do térreo de novo.
— Não sei onde eu ando com a cabeça.
Silêncio.
— Aliás, sei.
— O quê?
— Onde eu ando com a cabeça.
— Onde?
— Em você.
Ela perdeu a fala.
— Olha, eu sei que é loucura, eu e você nesse cubículo, mas é que eu tenho uma certa atração por lugares fechados. Você me entende?
— Eu entendo! Claro que eu entendo! Eu sinto isso também. É uma espécie de...
— ... claustrofobia ao contrário.
— Isso! Essa coisa meio sufocante me... me... como é que eu digo? — ela fez uma pausa. — Me excita.
Ele pegou nos braços dela.
— Eu esperei minha vida inteira por alguém que...
A porta se abriu. 16º.
— Você vai...
— Não. Esqueci o que eu tinha esquecido.
Ele sorriu. Ela:
— Vai descer?
— Desce.

— E depois?

— Sobe.

— Hummm.

Depois se encontrariam nos apartamentos de ambos, mas não era a mesma coisa. Resolveram não forçar. Mas todas as vezes que se encontravam na garagem ou na área comum do edifício, trocavam olhares cúmplices. Ele então se aproximava, no ouvido dela:

— No social ou de serviço?

Casa dos filósofos

Hume e Rousseau chegaram a dividir apartamento. Deu briga, e feia. O que era previsível, visto que a única coisa que tinham em comum era a peruca branca com cachinhos.

Hume era um gordinho otimista e alegre. Amigo de políticos e artistas, frequentava a intelectualidade e pegava uma mulherada. Mesmo quando morrendo declarou que estava na melhor fase da vida. Mas quando escrevia era um cético, um descrente na capacidade humana de conhecer a realidade.

Rousseau era tímido, taciturno, melancólico, misantropo. Não tinha amigos, era casado com uma grosseirona. No entanto, era o filósofo que defendia a bondade natural do homem, a pureza original.

São nebulosos os motivos do rompimento drástico. Alguns comentaristas dizem que foi a peruca.

Outros defendem que chegaram a pensar em trocar de filosofia. Há relatos de que depois de cada arranca-rabo Rousseau pedia desculpas dizendo que ele não era daquele jeito, a sociedade que o tinha corrompido. Hume recusava, argumentando que seus sentidos tinham captado muito bem o canalha que ele era. O fato é que o sujeito Hume só se dava bem com o Rousseau dos textos, mas odiava o autor. E vice-versa. O Rousseau do papel se daria bem com o Hume pessoa, assim como o Hume-papel com o Rousseau-pessoa.

Aliás, indo mais fundo, o próprio Hume-gente devia ter lá seus desentendimentos com o Hume-escrito. Rousseau também vivia essa incompatibilidade de gênios com ele mesmo.

Enfim, ali ninguém se entendia com ninguém.

●Dialética

E por falar em filosofia, dia desses acompanhei um debate entre dois eminentes intelectuais. Emocionante. Enquanto José Arthur Giannotti atacava com um jab kantiano, Marilena Chauí de pronto devolvia uma cuspida spinoziana. Os filósofos me ensinaram a xingar com elegância e com o intelecto. O debate está reproduzido abaixo. Entre parênteses, o subtexto da contenda.

Giannotti — A professora Marilena, a despeito do seu brilho intelectual, tem padecido de uma visão interpretativa desfocada a respeito do atual quadro social (A Marilena não cansa de falar besteira).

Marilena — Tenho o privilégio de desfrutar do convívio intelectual do professor Giannotti desde os tempos em que fui sua aluna, o que não significa necessariamente o alinhamento com as ideias expressas em sua obra

(Conheço este imbecil não é de hoje e sei que só escreve lixo da pior qualidade).

Giannotti — Embora eu seja um defensor inconteste da livre manifestação opinativa, ainda que essas manifestações nada tenham a ver com o que defendo, como nos lembrou Voltaire, acredito que há que se deixar sempre espaço para uma adequada reflexão prévia, indispensável para o verdadeiro debate (Fica na tua aí, ô vagabunda).

Marilena — Bem lembrado pelo professor Giannotti as virtudes da prudência argumentativa. Mas bem sabe o eminente pensador que há uma longa tradição filosófica que nos fala de formas apologéticas mais contundentes (Se encher meu saco, te meto a mão na cara).

Giannotti — Estou de acordo com a professora Marilena, ressaltando que este tipo de debate por ela mencionado por vezes apresenta resultados bastante salutares (Vem, vem!).

Marilena — Suponho que com essa concordância o professor Giannotti, imbuído de sua vasta percepção analítica, esteja também ciente do alcance que este tipo de diálogo filosófico pode apresentar, ainda que por vezes tome caminhos turbulentos (Tu tá forgado...).

Pra que complicar?

— Fabiano, eu preciso falar com você.

— Nossa, que tom!

— É sério, Fabiano.

— Nada é sério, querida. Nem a vida.

— É sobre nós dois.

— Você não vai dizer que precisamos discutir a relação, vai?

— Não. Quer dizer, mais ou menos.

— Elaine, Elaine... Como nós podemos discutir a relação se nós nem temos uma relação. Nada de apego, nada de compromisso, nada de amor, esqueceu?

— Não, não esqueci. O problema é que...

— Eu confesso que sempre tive medo de mais cedo ou mais tarde você cair no convencional. Mas pense bem: a gente não está bem do jeito que está?

— Está. Quer dizer, não sei. É justamente sobre isso que eu queria te falar.

— Então fala, Elaine, fala. Talvez você tenha razão, minha querida. Expressar os sentimentos é a melhor maneira de iluminá-los.

— É que eu... Eu acho que estou apaixonada.

— Ah, meu anjo, eu sabia que era isso. Elaine, o amor romântico é uma invenção cultural. Um casal pode muito bem viver sem ele.

— Você já me disse isso, Fabiano. Muitas vezes, aliás. Mas é que dessa vez...

— Elaine, perdão querida, mas terei que ser um pouco ríspido: eu te disse várias vezes que não queria compromisso.

— Eu sei disso, só que...

— Elaine, somos adultos. O que é a maturidade senão o controle das emoções?

— Essa você também já disse. Agora eu posso falar?

— Elaine, minha doce Elaine... Eu sei que é difícil. Eu sei que a vida quase nunca corresponde aos nossos desejos. Eu sei que...

— Eu estou apaixonada pelo Oswaldo.

— Elaine, tudo é uma questão de... O quê!? Pelo Oswaldo!?

— É, eu precisava te contar. Não sei como aconteceu, mas...

— Elaine, você tá maluca, Elaine? Como é que você me fala uma coisa dessas? A gente tem uma relação, um compromisso, Elaine. Esqueceu?

— Fabiano, a gente pode resolver isso como adultos. Pra que complicar? Não é o que você sempre fala?

— Justo o Oswaldo, Elaine!? Um simplório. A reflexão mais profunda de que ele é capaz é qual camisa vai vestir. E mesmo assim ainda erra.

— Calma, Fabiano. Você está se exaltando...

— Eu te amo, Elaine! Eu te amo!

— Fabiano, a gente está em um lugar público. As pessoas estão olhando.

— Eu me caso com você. É esse o problema, não é? Então, pronto: vamos nos casar.

— Eu não posso, Fabiano.

— Não pode por quê? Esquece esse papo de que o casamento é uma forma de controle social. Eu não sabia de nada, minha querida. Agora tudo ficou claro pra mim.

— Não é isso, é que... eu vou me casar com o Oswaldo.

— Não pode ser verdade. Isso não está acontecendo.

— Sinto muito, Fabiano.

— Elaine, aonde você vai, querida? Espera um pouco. Tudo isso deve ter uma razão de ser. Elaine, volta aqui, Elaine. Sem você eu não vivo! E vocês aí? Que é que estão olhando? Nunca se apaixonaram, não? Seus, seus... insensíveis!

Personagens

Hermético Pop

Ele escreve livros que ninguém entende, faz filmes que ninguém entende e pinta quadros que ninguém entende. Ainda assim todos acham ele o máximo. Nas pré-estreias, noites de autógrafos e *vernissages* o público se acotovela para ficar perto dele e fazer um comentário sobre sua obra que os demais não entendem. O artista, que também não entende o comentário, aproveita essas ocasiões para fazer um gracejo intelectual. Todos riem, mesmo que ninguém tenha entendido.

Machista Carinhoso

Quando a esposa empolga-se falando de política para a roda de amigos o marido, sempre gentil, interrompe para dizer orgulhoso: "A Belzinha não é demais? Não falei que ela era inteligente?" Em outras ocasiões, quando a Belzinha está expondo sua indignação sobre algum assunto, o marido mostra preocupação com a esposa querida: "Belzinha, você não devia se preocupar tanto com isso." Às vezes, cansada das interrupções amorosas do marido, a Belzinha se irrita e vai embora. Mas o marido sabe contornar o mal-estar. "A Belzinha tá certa. Ser espontânea é que é o negócio."

Malandro Reprimido
Ele veste seu terno branco, capricha no perfume, confere o sorriso impecável no espelho e prepara-se para a boemia. Quando está já abrindo a porta, a mãe o chama. "Meu filho, não esqueceu nada, não?" Ele se aproxima da mãe e, envergonhado, dá um beijo na velha senhora. A mãe confere seu colarinho e com um pano úmido limpa uma mancha de batom que ficara da noite anterior. "Vai pra sinuca hoje, filhinho?" Ele diz que já falou mil vezes que 5ª é dia da gafieira. "Vai, meu filho, vai", estimula a bondosa senhora. "Mas toma cuidado com essa garganta." Ele finalmente sai, não tão empolgado quanto antes. Do portão ainda ouve a mãe gritar: "Vê lá, hein? Antes da cinco da manhã quero você em casa."

•Curinga

O Juvêncio não estava entendendo aquela história da esposa de "fazerem algo diferente". Para ele, 4ª era dia do baralho com a Lourdinha e o Maneco. Assim era há sete anos, pra que mudar agora? Nem mudar de jogo ele admitia.

— Deixa disso, Juvêncio. Tá na hora de sair da rotina — argumentava a esposa. Não convencia. Rotina, para o Juvêncio, significava estabilidade, equilíbrio. Além disso, esse papo de fazer coisa diferente é coisa de mulher que quer pular a cerca.

— Marta, que que tá acontecendo com você?

— Eu quero mudar, Juvêncio. Viver algo mais emocionante que não seja tirar um curinga. Dá para entender?

Juvêncio não entendia. Por que a implicância com o curinga? Um bibelô — uma pequena lembrança, pode-se dizer assim — que algum deus nos envia. E a Marta queria mais. Juvêncio coçava a cabeça.

Felizmente discutir não era necessário. Assim que o Maneco e a Lourdinha chegassem iriam botar um fim àquele arroubo juvenil. Imagine que a Lourdinha, mulher séria — das que vai à praia de maiô — iria querer mudar a rotina? E o Maneco? Uma vez teve que mudar a marca de requeijão porque a fábrica faliu, mas não sem antes se esforçar para salvá-la, injetando capital inclusive.

Enfim, Juvêncio mantinha a serenidade dos que sabem que a vida não muda bruscamente. A vida, pensou Juvêncio, é rio, e não cachoeira. As águas ficaram turbulentas quando o Maneco e a Lourdinha não só embarcaram na onda da Marta como "acharam o máximo". E confessaram, sem qualquer pudor, que andavam há tempos entediados com a jogatina, mas nada disseram porque achavam que o casal amigo não ia entender. Juvêncio sentiu seu mundo cair. Estava cercado de conspiradores. Possivelmente já vinham tramando aquilo faz tempo. Imaginou todas as vezes em que ele se levantou da mesa para ir ao banheiro ou buscar o biscoito de polvilho.

— A gente conta ou não conta?
— Não. Vamos pegá-lo de surpresa.
— Eu acho melhor dar um sinal de que tudo vai mudar. Sei lá, trocar o biscoito de polvilho por um de água e sal...

E ele nada percebeu. Enquanto divagava, a esposa e os amigos tramaram o plano sórdido: iriam ao teatro. Juvêncio tentou contra-argumentar, com a voz embargada: a última vez que estivera em um teatro foi há uns quinze anos.

— Por isso mesmo — respondeu a Marta. — Daqui pra frente, tudo vai ser diferente. Maneco e Lourdinha riram. Juvêncio quase chorou. Foram. Juvêncio ainda perplexo por estar sendo levado pela cachoeira da vida. Atônito, criava coragem para se rebelar.

Assim que o pano caiu, os primeiros longos diálogos fizeram Juvêncio pensar que se tratava de Shakespeare, ou porcaria do gênero. Duas canastras são bem mais valiosas, pensou. Mas de repente, sem que Juvêncio tivesse percebido a transição, estavam todos os atores nus, andando pela plateia. Onde está a polícia numa hora dessas? E o pior é que ninguém protestava. A Lourdinha até parecia se divertir enquanto um dos atores claramente a cortejava, sob o olhar de aprovação do Maneco. Juvêncio tentava manter a calma. Se vierem para cima da Marta, enfrentaria. Um solitário contra um exército de pelados shakesperianos. A única vantagem que tinha era ter plena certeza de que não estavam armados, mas até aí ele também não estava. Foi pego pelo ataque imprevisível. Cinco atrizes nuas se aproximaram dele. A ansiedade tomou conta de Juvêncio. Onde está o meu revólver?

Juvêncio foi arrastado para o palco, enquanto as atrizes o despiam. Finalmente ele entendeu o plano diabólico: um ritual de sacrifício, tal como os antigos, que ofereciam um bezerro ao seu deus. E ele era o bezerro. Juvêncio pensava na esposa, nos amigos. Eles sabiam de tudo. Resignou-se. Quem sabe seu sacrifício fosse útil, sei lá, para que a colheita de algodão fosse melhor esse ano? Ou quem sabe algo maior, a paz no mundo? Sua vida ganhava um significado.

As atrizes tiraram toda a roupa de Juvêncio e começaram a esfregar seus corpos no dele. No começo ele estranhou, depois começou a sentir um formigamento que vinha das pernas, subia pelo corpo inteiro e terminava atrás da orelha esquerda. Foi quando veio a grande revelação: a imagem de um curinga sendo tirado, no momento mais decisivo da partida. Juvêncio entendeu os sinais. Começou a gargalhar. Aquelas eram as verdadeiras curingas em sua vida. Que Deus mandou pessoalmente para ele. Passou a noite cantarolando um tema dos anos 50. No dia seguinte, largou o trabalho e matriculou-se num curso de salsa e merengue. Mudou tudo: os papéis de parede, os móveis, trocou de carro. Levou a Martinha para viajar várias vezes. Hoje, é incapaz de se comportar do mesmo jeito dois dias seguidos. A Marta e os amigos no começo gostaram, mas agora já não reconhecem o Juvêncio.

E, além do mais, sempre falta um para completar o baralho.

Fábulas imorais: a mariposa e o urubu

A mariposa vinha cantando alegremente. Aliás, cantando não, pois mariposa não canta. Que diabo mariposa faz? Bom, que seja zunir. A mariposa vinha, pois, zunindo alegremente, feliz e saltitante. Opa, saltitante não que mariposa não saltita. Mariposa voa. Se bem que mariposa feliz e esvoaçante é um pouco demais. Fiquemos assim: a mariposa vinha zunindo alegremente, feliz e flutuante, quando encontrou com o urubu.

— Bom dia, seu urubu! — acenou a mariposa. Acenou não porque se a mariposa está voando as asas estão em movimento; logo, como poderia o urubu distinguir o aceno do natural movimento de asas? Sendo assim, a mariposa, de novo, zuniu para o urubu, e vamos convencionar que os zunidos distinguem-se um dos outros, senão essa fábula fica impossível.

— Que horas são? — rosnou o urubu (embora quem rosne seja cachorro). A mariposa olhou no seu relógio e logo entendeu o recado urubusístico.

— Tens toda razão, seu urubu, já passa das seis. Logo devo dizer: Boa tarde, seu urubu.

— Pra mim, a tarde não está boa nem ruim. Tudo como sempre esteve. A senhora é que deve refletir sobre isso.

— Não compreendo o que dizes, urubu.

— Ora, dona mariposa, longe de mim querer dar uma de urubu e tratar de assuntos delicados...

— Pois desembuche, homem, digo, urubu. Nada há de me tirar o contentamento.

— Bom, já que a senhora insiste. A senhora está careca de saber — ou estaria careca de saber, se cabelo tivesse — que as mariposas têm somente um dia de vida. Sendo assim, espanta-me ver a senhora por aí, flutuante e feliz, mesmo diante desta tragédia rondando sua frágil existência.

— Ah, seu urubu — a mariposa deu uma risadinha marota, aliás, uma zumbidinha marota. — Mas por que deveríamos nós, mariposas, preocuparmo-nos com isso, se nosso viver é um eterno presente? Além do mais, que adianta brigar com o destino?

— Se a senhora assim o dizes...

— O senhor está querendo insinuar algo?

— Pelo contrário, dona mariposa, não me interprete mal. Fico, isso sim, muito admirado com vossa força de espírito.

A mariposa deu mais uma zunidinha e bateu as asinhas duas vezes. O urubu continuou:

— Veja, até há pouco a senhora era uma larva muito da nojenta...

— Seu urubu! — interrompeu em exclamação a mariposa.

— Ah, desculpe dona mariposa, é que meu linguajar é assim mesmo.

— Não é pelo seu linguajar. Bem conheço a família dos urubus e sei que se expressam com espontaneidade. É porque há um erro na sua frase. As mariposas não nascem de larvas, mas sim de crisálidas.

— Oh, desculpe minha ignorância ("por nada", respondeu a mariposa). Bem, continuando. Até instantes atrás a senhora era uma crisálida muito da nojenta (a mariposa balançou a cabeça), agora está aqui e daqui a pouco não estará mais. Isso se um humano não passar com um pedaço de jornal e não lhe acertar a cabeça, matando-a ou a deixando inválida para o resto da sua existência, que nem é muita. De modos que eu acho que... oh, desculpe-me mais uma vez, dona mariposa, ocorreu-me agora que estou aqui a lhe tomar o pouco tempo que dispõe.

— Não tem problema, não. Por favor, continue — respondeu educadamente a mariposa.

— Pois veja, eu fico conjecturando aqui que a senhora está certíssima. A inocência diante da morte é a única saída. Para que pensar no fim inexorável? Para que se martirizar pelo fato de que tudo isso vai acabar, que não vai haver mais flores, mais árvores, mais céu? Não há sensatez em pensar no que vai haver do outro lado, pois se concluirmos que haverá um grande vazio, um grande buraco escuro, isso certamente afetará nossa existência presente, e começaremos a morrer um pouco a cada dia. No caso da senhora, um pouco a cada minuto.

O urubu falou por mais uns 20 minutos, citando quando necessário algum filósofo existencialista. Depois se despediu com um "divirta-se" e se foi. A mariposa morreu horas mais tarde. Durante o resto do dia não zuniu, não esvoaçou. Ficou contemplando a tarde caindo, a lua surgindo, sozinha e sentindo um vazio enorme por dentro.

Lição imoral 1: Se encontrar um urubu pelo caminho, não dê ouvidos. Pode ser que ele tenha razão.

Lição imoral 2: Se aconteceu, também, bem-feito. Tu não tens nada que sair por aí como uma mariposa feliz e flutuante.

Sobre ontem à noite

— Alô?
— Alô? É o Assunção?
— Ele mesmo. Quem tá falando?
— Como assim? Não tá reconhecendo minha voz?
A voz era grave e séria.
— Você vai me desculpar, mas... não tô reconhecendo.
— De ontem à noite, tá lembrado?
Ontem à noite? O que tinha feito ontem à noite? Ele se lembrava que deu uma saída para tomar uma cerveja no bar da esquina e... mais nada.
— Rapaz, não leve a mal, mas é que agora me deu um branco...
— Também, com o porre que você tomou.
A voz agora parecia mais descontraída. Sim, o porre. Bebeu demais e estava com ressaca amnésica.

— Ah, o porre. É, acho que bebi um pouco além da conta.

— Um pouco? Aquilo é que é bebedeira. Nem imagino o que podia acontecer se eu não estivesse por perto.

— Acontecer? Como assim?

— A briga, não tá lembrado? Quer dizer, a briga que não houve.

— Quem brigou?

— Ninguém brigou. Quer dizer, você não brigou porque eu não deixei. Vai dizer que não lembra que você começou a invocar com o pessoal da mesa ao lado?

— Eu fiz isso?

— Não só fez como eram três na mesa ao lado. E três pitbulls, desses que passam o dia na academia.

Preciso parar de beber, ele pensou. Na dúvida, conferiu se não tinha nenhum machucado grave ou fratura. O da voz grave continuou.

— Tive que usar muita lábia para convencer eles a não te espancarem. Isso com você gritando que os três eram caso um do outro.

— Pô, rapaz, vou ficar te devendo essa.

— Não tem de quê.

— Bom, ainda bem que o pior não aconteceu. Então, mais uma vez valeu e a gente se fala...

— Pera aí, Assunção. E sobre aquele nosso assunto? Assunto? Não se lembrava de assunto nenhum.

— Ainda tá de pé, né?

— Acho que tá. Quer dizer, tá — respondeu Assunção, sem graça.

— Ótimo, então vou terminar de arrumar minhas coisas e em vinte minutos estou aí.

— Pera aí, pera aí. Como assim? Você vai vir aqui?

— Ué, claro. Pra eu morar aí eu vou ter que ir, certo?

— Morar? Que história é essa?

A voz ficou ainda mais grave e mais séria. E irritada.

— Ô, Assunção, não lembrar dos pitbulls eu até entendo, mas não lembrar de tudo o que aconteceu com a gente!

— Com a gente? O que aconteceu com a gente? Depois de um silêncio a voz desatou a rir.

— Ah, Assunção, mais uma das suas. E eu quase ia caindo. Tô aprendendo a te conhecer, hein?

— Então, se a gente não se conhece, como é que você vai vir morar aqui...

— Eu também pensava assim. Até ontem à noite. Mas você foi me envolvendo com teu papo, Assunção. Puxa, tudo aquilo que você falou, sobre o amor não poder esperar. Sobre a gente seguir as emoções.

Amor? Emoções? Deve ser outro Assunção, não é possível, pensou. Precisava se lembrar, precisava se lembrar. Era difícil se concentrar com a voz do outro lado, agora romântica.

— Eu sei, Assunção, que pode parecer uma atitude precipitada da nossa parte. Mas a noite foi tão especial. Eu, você, a varanda daquele hotel, as estrelas...

— Pera aí! Que papo é esse? Tá me estranhando, rapaz?

— Que é isso, Assunção? Tá maluco? Essas coisas a gente não apaga da nossa vida, não.

— Olha, acho que está havendo um grande, um absurdo mal-entendido. Primeiro que eu sou hetero...

— Mas eu também sou, Assunção. A minha vida também mudou desde ontem à noite. Você acha está sendo fácil para mim lidar com esse sentimento que surgiu entre nós?

— Sentimento!? Que sentimento!? Ficou maluco? Bebeu?

— Quem bebeu foi você, Assunção. E não foi pouco não. Se não fosse eu para cuidar de você...

— Olha eu só não te parto a cara porque não sei quem você é.

— Ah, não sabe? Então faz o seguinte, Assunção. Dá uma olhada na sua pele, uns quatro dedos abaixo do umbigo.

Que umbigo era esse agora? Ainda devo estar bêbado, pensou. Preciso parar de beber.

— Como assim, umbigo? Pirou?

— Nós dois piramos, Assunção. Aliás, mais você do que eu. Quem teve a idéia de tatuar nossos nomes um no outro hoje de manhã, depois que saímos do hotel? E quem falou que quatro dedos pra baixo do umbigo era um ponto sagrado? Não acredita? Dá uma olhada lá.

Assunção levantou a camisa amarrotada e olhou para o umbigo. Sob a calça, um borrão que parecia ser de tinta. Quase em estado de pânico, abriu o botão da calça. Estava tatuado, em letras estilizadas: Valadares.

— Valadares é... você? — Assunção estava quase sem voz.

— Bingo! — a voz estava de novo alegre e romântica.

— Olha, não fica assim não. Tenho certeza que vai dar tudo certo pra gente. Eu chego aí, a gente arruma nosso cantinho, faz um lanche...

Valadares continuou falando sem parar, fazendo planos para o futuro. Disse que tinha certeza que, logo, iriam poder até casar na igreja. Enquanto ele falava dos sonhos que haviam traçado na noite anterior, Assunção pensava o que fazer. O nome e a voz do Valadares ali, grudados nele. Precisava ter calma, encontrar uma solução imediata. Como? Como fazer tudo voltar ao normal? A angústia só aumentava, a sensação de estranhamento, a falta da memória, a ressaca que nublava seus pensamentos. Tomou uma decisão.

Desligou o telefone e foi tomar uma cerveja no bar da esquina.

Tempo, tempo, tempo

Em um dia como outro qualquer, Ernesto entrou no elevador do seu prédio para ir ao trabalho. Quando apertou o botão do subsolo reparou pela primeira vez em um outro botão ao lado, que tinha um desenho de duas setas apontadas uma para outra. Curioso, apertou-o. Mal desconfiava que aquilo iria mudar sua vida. O botão das setas fez com que a porta do elevador se fechasse antes do tempo normal. Ernesto descobriu que tinha esse recurso: em vez de esperar os 10 segundos que a porta levava para se fechar, bastava usar o botão e o tempo seria reduzido para 3 segundos. Fez os cálculos: usava o elevador em média quatro vezes ao dia — para ir ao trabalho, voltando do trabalho, a descida noturna para um café ou cigarro na padaria da esquina, a volta da padaria. Em cada vez, economizaria 7 segundos.

Total do dia: 28 segundos. O que equivale a 196 segundos na semana (pois mesmo no sábado e domingo usava o elevador 4 vezes) e 840 segundos em um mês de 30 dias. No ano, terá poupado incríveis 10.220 segundos, ou 170,33 minutos. Ou 2 horas, 50 minutos e 20 segundos! Quando saía com seu carro, Ernesto descobriu que não era necessário que a porta da garagem estivesse completamente aberta para que ele passasse. O portão automático era lento. O processo de abertura levava 15 segundos, mas já no décimo segundo dava para passar. Calculou: 5 segundos por dia na ida, 5 na volta, 300 no mês, 1 hora, 49 minutos e 48 segundos no ano. Somado ao elevador, já seria uma economia de 4 horas, 40 minutos e 8 segundos ao ano.

Evidentemente que quando chegou ao trabalho percebeu que o processo todo se repetia. É claro que no elevador não podia sempre dispor do botão das setas porque outros funcionários — inconscientes do tempo que perdiam diariamente — retardavam o esquema. Mas achou justo considerar o mesmo valor para efeito de economia, já que no trabalho andava de elevador mais vezes: no mínimo havia a subida e descida do almoço. Portanto, se em metade das vezes conseguisse usar o botão salvador, seriam mais 2 horas, 50 minutos e 20 segundos economizados. Com o estacionamento da firma, cujo portão era semelhante ao do seu prédio, mais 1 hora, 49 minutos e 48 segundos. Já estava em incríveis 9 horas, 20 minutos e 16 segundos que poderia ganhar a cada ano. Mas Ernesto não parou por aí. Descobriu no trânsito uma rica fonte de lucro temporal. Ao abrir um farol, percebeu que levava preciosos 6 segundos até engatar e colocar o carro em movimento. O mesmo raciocínio valeria se não fosse o primeiro da fila, pois nesse caso os segundos são perdidos entre a saída do carro da frente e o dele. Até sua casa, contou 31 semáforos, descontou uns 8 que estariam abertos e chegou à razoável média de 23. Dobrou o número, pois tinha que considerar a ida, e multiplicou pelos cinco dias úteis. Nos fins de semana, pegava uma média de 15 faróis por dia nos passeios com a família. Total: 260 por semana. A 6 segundos em cada, dá um tempo perdido de 1.560 segundos. No ano, são 81.120 segundos. Ou 1.352 minutos. Ou 22 horas, 31 minutos e 48 segundos.

Para Ernesto foi realmente um baque perceber que poderia economizar 31 horas, 52 minutos e quatro segundos. Ganharia mais que um dia de sua vida a cada ano com simples mudanças de atitude. Para ele, recuperar o tempo perdido passou a ser uma obsessão. Acordar 5 minutos mais cedo e ir dormir 5 mais tarde significava 60 horas, 49 minutos e 48 segundos ganhos ao ano. Dois minutos a menos no banho eram 12 horas, nove minutos e 36 segundos. Almoçar e jantar alguns segundos mais rápido, encurtar o papo da hora do cafezinho, aproveitar os 15 minutos do intervalo do futebol na tevê, parar de catar milho e aprender a digitar mais rápido, colocar as contas no débito automático, comprar sapatos sem cadarço, leitura dinâmica. Até o sexo tem os seus minutos inúteis que poderiam ser cortados, com a concordância da mulher, é claro. Colocou tudo no papel e teve uma inacreditável surpresa. A cada ano, com seu programa de economia de tempo, já batizado PET, ou PMT, programa de metas temporais, pois resolveu deixar os dois nomes para não perder tempo na escolha, iria economizar 6 dias, 4 horas, 37 minutos e 44 segundos!

Foi um choque. Daqui para frente sua vida iria mudar. Estava exultante. Mas logo entristeceu. A constatação lhe trouxe a perspectiva contrária. Pensou em quanto tempo havia perdido no passado. Ernesto tem 45 anos. Uma vida de muitos elevadores, faróis, sono, cafezinhos, futebol, computador, sapatos. Com um cálculo aproximado, poderia considerar os mesmos 6 dias, 4 horas, 37 minutos e 44 segundos como tempo perdido em cada um dos anos que viveu. Pegou a calculadora com receio. Descobriu a terrível realidade: já havia desperdiçado 278 dias, 15 horas, 47 minutos e 57 segundos de sua vida.

Se tivesse apertado o botão do elevador antes...

A melancolia não se afastou mais. Por conselho da mulher e dos amigos, Ernesto foi parar no analista. Lá despejou suas angústias. Sentia-se melhor a cada seção. A não ser, claro, quando a terapeuta dizia que seu tempo havia acabado. Nessa hora, saltava do divã e ajoelhava-se aos pés dela, implorando: "Só mais dois minutos! Só mais dois minutos!"

Método teatral Zé Celso

1) O teatro é uma arte exigente. Tudo começa com um mergulho no universo a ser representado, seja no realismo transcendente de Euclides, seja na dimensão mítica de Cacilda, seja na diegese simbólica de Eurípedes;

2) Feito isso, é preciso que o ator incorpore em si esses universos, não só com seu intelecto, mas com suas vísceras. Aqui entra o namoro com o dionisíaco, a abnegação, a supressão da persona;

3) Aí é só todo mundo tirar a roupa e começar a peça.

• Mulher proibida

Lindas pernas, seios e nádegas generosas e, no caminho, uma cintura fina e delicada. Corpo esculpido, lábios carnudos, aliança no dedo.

— Aceita um drinque?

— Não, obrigada. Só estou esperando a chuva passar.

— Então ouça a previsão, *baby*: melhor esticarmos os lençóis por aqui mesmo.

— A previsão do tempo sempre erra.

— Eu me refiro à minha previsão de que terminaremos a noite dividindo o mesmo lençol. E eu não costumo errar.

— Sou casada.

— Sinto que alguém tenha que sofrer, *baby*. Mas que não seja nem eu nem você.

Eu podia sentir a respiração dela se alterar. A respiração é um diagnóstico preciso dos labirintos da alma feminina. A dela era curta e sem ritmo. Ela poderia me chamar de calhorda e ameaçar chamar a polícia: de qualquer maneira eu já podia agarrá-la e beijá-la com fúria.

— Você é um calhorda. Vou chamar a polícia.

Agarrei-a e beijei-a com fúria. Ela se afastou. A respiração era quase um suspiro. Deu-me um tapa. Eu estava no controle da situação.

— Conheço um hotel discreto aqui perto, *baby*.

Ela falou que jamais iria para um quarto de hotel com um desconhecido. No hotel, transamos loucamente. Na manhã seguinte, um bilhete:

"Não devíamos ter feito isso. Meu marido é perigoso. Não me procure mais". E, abaixo, o endereço.

A mansão era toda branca. Branco simboliza problemas. As pessoas esquecem que quando se sai do conforto do ventre materno um sujeito de branco te coloca de cabeça pra baixo, estapeia-lhe a bunda e se diverte enquanto você chora. E ainda dizem que é a cor da paz.

O segurança perguntou gentilmente o que eu fazia ali. Quando ele parou de torcer meu braço mostrei meu cartão e me apresentei: Carlos Cascalho, corretor de seguros para animais de estimação. Ele perguntou se eu estava zombando da cara dele. Respondi que era uma profissão nova. Ele me mostrou o cartão: Alfredo Manfredi, serenatas a domicílio. Droga, errei de cartão. A respiração do sujeito era rude. Ela surgiu no alto das escadas quando ele se preparava para dar o quinto chute em meu estômago: "Tony, deixe o rapaz em paz imediatamente." Tony ainda deu o quinto e o sexto chute. Subalternos, sempre ineficientes.

— Você não devia ter vindo.

— Eu faço muitas coisas que não deveria fazer, *baby*. Quando criança minha mãe me pegou espiando a vizinha se trocar e disse que aquilo não era certo. Desde então aprendi que o que não é certo é o que vale a pena nessa vida.

— Meu marido vai te matar.

— Morro em nome de um ideal.

Fomos tirando nossas roupas a caminho do quarto. Pensando bem, o marido só teria o trabalho de seguir a trilha. Mas quem estava pensando bem àquela altura?

O marido nos flagrou no clímax do segundo ato.

— Yolanda!

— Ei, espere — eu disse virando-me para ela. — Você não me disse que seu nome era Yolanda.

— Claro, eu nunca lhe disse meu nome.

— Yolanda, você traz um sujeito para nossa cama que nem sabe seu nome?

O sujeito estava preocupado com formalidades numa hora daquelas. Yolanda estava assustada. Eu sentia seus seios tremerem nas minhas mãos. O marido sorriu e estalou os dedos. Um fotógrafo apareceu e começou a registrar a cena. Detesto ser fotografado nu. Tenho as costas peludas.

— Muito bem — explicou o marido. — Agora que tenho o flagrante podem se retirar dessa mansão. Você vai ficar sem nada, Yolanda. E se tentar arrancar um centavo da minha fortuna, mando a foto para as revistas de fofoca.

— Nesse caso o meu cachê vai ficar mais alto. Afinal, isso não faz parte do trato.

Sou bom para negociar. Implacável. Yolanda não parecia acreditar. Tive vontade de abraçá-la, mas não misturo negócios com questões pessoais.

— Sinto que alguém tenha que sofrer, *baby*. Mas que não seja eu nem meu cliente aqui — nessas horas costumo usar o cinismo para esconder emoções.

O marido tirou minha mão do seu ombro.

— O senhor retire-se também. Imediatamente.

— Sinto muito. Só saio daqui com meu pagamento. E em dinheiro.

O marido sorriu e estalou os dedos. O Tony apareceu.

Hoje, vendo a coisa em retrospectiva e medindo ganhos e perdas, ainda tive um lucro modesto. De um lado o calote e minhas costas peludas nas revistas (sim, ela tentou no tribunal ficar com metade da fortuna dele). Do outro, uma mulher deslumbrante. Então lembro dela e começo a falar alto para o garçom: Um brinde à minha vizinha e a todas as mulheres proibidas. Tento levantar o copo de uísque mas a tipoia no braço não deixa. Então lembro do Tony.

Horário eleitoral

Se você acha um absurdo termos um partido só para a causa operária, outro só para os democratas cristãos, mais um só para os aposentados da nação e ainda um para a reconstrução da ordem nacional, você está enganado. Os partidos nanicos anteviram o futuro da política. A ordem é segmentar. Uma verdadeira reforma política deve estimular a criação de partidos com propósitos bem definidos. Exemplos:

Partido dos Fazedores de Bico
O principal objetivo é regulamentar a profissão de fazedor de bico, com sindicato, carteira assinada, 13º e férias, afinal ninguém é de ferro. Aliás, quem tiver ferro para consertar pode nos procurar.

Partido dos Astronautas Brasileiros

Seu programa de governo é inserir a América Latina na corrida espacial em posição mais digna do que a de encher o tanque de combustível de foguete americano. Por isso, formou um coeso bloco com astronautas da Bolívia e das Guianas. Já conta com seis membros.

Partido dos Crápulas

Pelo direito de esquecer o aniversário da mulher, de ser flagrado no motel com a secretária, de puxar o tapete do colega de trabalho, de engravidar moças ingênuas e não assumir, de usar bigode estilo Magnum, de ser sustentado por senhoras ricas, de parar de fingir romantismo assim que levar a mulher pra cama, de passar cantada na esposa do amigo, na irmã da esposa e naquela sobrinha que tá começando a nascer os peitinhos.

Partido dos Maníacos Depressivos

O Brasil é grande, o Brasil é forte, o Brasil tem jeito. Vamos juntos mudar o mundo. Está em nossas mãos construir um futuro promissor ou um futuro nebuloso. Porque, do jeito que está, a coisa vai mal, só tristeza, só desesperança. Viver assim é uma impossibilidade. Esse país não tem jeito, não.

Partido Dionisíaco Brasileiro
Pretende criar projeto de lei que instaura a suruba semanal no Congresso. Tem ganhado votos com seu *slogan* que diz que "a classe política tem mais é que se f...".

Partido dos Fracos e Oprimidos
Você que se sente frágil, cansado, desiludido, venha para o nosso partido. Você que sempre foi tratado como um ser abjeto, que se sente pequeno mesmo diante de uma pulga, venha se juntar aos seus iguais. Pense nisso antes de se matar.

Partido do Fundão
Formado por pessoas que sentavam no fundão nos tempos de colégio. Não tem candidato porque só quer avacalhar o dos outros. Nos debates, põe tachinhas nas cadeiras onde os candidatos se sentarão e fazem perguntas do tipo "que time é teu?" e "você tem dado em casa?"

Partido dos Corações Partidos
É, meu amigo, solidão é larva que cobre tudo. A mulher que você ama está em outra? Seu marido se mandou com a recepcionista? Cure essa ressaca e vamos mudar essa situação. Levante desse sofá, tire a Maysa da vitrola, junte-se a nós. Sabemos que é difícil, também já passamos por isso. Mas não queremos falar disso agora que dá uma baita vontade de chorar.

● Porquês

— Por quê?
— Porque não.
— Porque não não é resposta.
— Por que não?
— Por que não o quê?
— Por que porque não não é resposta?
— Porque não.
— Foi o que eu disse.
— O que você disse?
— Porque não.
— E eu disse que porque não não é resposta.
— E eu disse por quê.
— Então me diz: por quê?
— Por que o quê?
— Por que porque não não é resposta?

— Mas isso fui eu que perguntei.

— Calma aí. Não tente fugir. Eu disse que porque não não é resposta. E você disse que disse por quê. Mas em nenhum momento você disse porque porque não não é resposta.

— Claro que não disse. Eu não disse que disse o porquê de porque não não ser resposta. Eu disse por que porque não não é resposta? Foi uma pergunta.

— A-há. Se você pergunta é por que não sabe o porquê.

— Claro que sei.

— Por quê, então?

— Porque não.

— Pera aí. Roubar não vale. Você acabou de dizer que perguntou por quê. Como é que você faz a pergunta e você mesmo responde?

— Eu perguntei por que porque não não é resposta. Isso é você que tem que responder.

— Então por que você respondeu porque não?

— Você respondeu porque não.

— Você respondeu. Logo no começo da conversa.

— Eu respondi porque não à sua pergunta, e não à pergunta por que porque não não é resposta.

— Confundiu tudo. De que pergunta você está falando?

— Da pergunta que você me fez logo no começo da conversa.

— E qual era a pergunta?

— Você me perguntou por quê... ah, sei lá, já esqueci. Você que fez a pergunta que tem obrigação de lembrar.

— Que vergonha! Respondeu sem nem prestar atenção à pergunta.

— E qual era a pergunta?

— Por que eu tenho obrigação de me lembrar da pergunta?

— Porque sim, ora. Você que fez.

— Porque sim não é resposta.

— E por que sim? Quer dizer, por que não?

— Por que não, ora! Onde já se viu responder uma pergunta com porque sim?

— E com porque não?

— Também é absurdo.

— Você acabou de responder porque não.

— Eu! Olha aqui, meu amigo, não baixe o nível da conversa. Eu sou totalmente contra a resposta porque não.

— Mas durante a conversa respondeu porque não duas vezes.

— Calúnia. Não me ofenda que eu estou lhe respeitando.

— Eu também. Não tenho culpa que você não fala coisa com coisa.

— Por que você não vai pro inferno?

— Quer saber mesmo?
— Quero.
— Porque não.
E saíram no tapa.

• Autoajuda com o Dr. Apolônio

Não sei o que fazer. Eu sou uma pessoa que se cobra muito.
Simples. Não pague.

Às vezes eu me sinto apenas um inocente útil.
Poderia ser pior. Você poderia ser apenas um culpado inútil.

Eu tenho excesso de megalomania. O que o senhor recomenda?
Duas doses de complexo de inferioridade pela manhã e duas à noite.

Sinto que estou prestes a me suicidar. Que devo fazer?
Por garantia, deixe a consulta paga.

Tenho síndrome de tudo. Aposto que ninguém tem mais síndromes do que eu. Qual a sua sugestão?

Inscreva-se no *Guiness Book*.

Meu marido tem chegado tarde todos os dias. Ele diz que é reunião de trabalho e eu acredito. Será que estou me enganando?

Não. Ele é que está te enganando.

Não sei se tenho síndrome do pânico ou psicose maníaco-depressiva. Qual o seu diagnóstico?

Dupla personalidade.

Não sei o que está acontecendo. Às vezes me sinto feliz, às vezes me sinto triste...

Eu também.

Dr. Apolônio, vou ser sincero: eu acho que o senhor se aproveita da minha ingenuidade.

Não é verdade. E para te provar vou deixar essa consulta pelo dobro do preço.

Os homens sempre me olharam como um corpo bonito, e eu queria ser apreciada pela minha inteligência.

E dá para olhar para a inteligência com um corpão desse?

Às vezes eu tenho a leve impressão de que as pessoas não prestam atenção no que eu falo.

Preste mais atenção no que elas falam. Você vai ter certeza de que não prestam mesmo.

Quem sou eu? De onde vim? Qual o sentido da vida? O senhor pode me ajudar?

Para a primeira pergunta, não sei a resposta. Para a segunda, também não. Para a terceira, muito menos. A quarta eu sei: Não.

Dr. Apolônio, quando vou ter alta?

Quando minhas finanças saírem da baixa.

Tenho problemas de autoestima. Resolvi entrar para a Igreja. Será que vai resolver?

Não. Você vai aprender que deve amar o próximo como a si mesmo. E você, que se odeia, como é que fica?

Eu só consigo levantar da cama se repetir 100 vezes "hoje vai ser um grande dia", e mesmo assim o dia é uma porcaria. Que faço?

Você deve dizer 100 vezes "hoje o dia vai ser medonho, desprezível, um lixo, o pior da minha vida". Aí no final do dia vai ficar feliz por ele ter sido só uma porcaria.

Se é autoajuda por que eu tenho que pagar?

Paga que eu respondo.

Pais & filhos

O Outro

Briga de mãe e filho. Ânimos exaltados. Em sua velha poltrona, o idoso pai parecia estar distante, embora de vez em quando murmurasse:

— Eu falei que a gente tinha que ter pegado o outro.

O filho, cabeça quente, não prestava atenção às caduquices do velho. Gritava com a mãe. E o pai insistindo:

— O outro era bem melhor. A gente escolheu errado.

A discussão se prolongou. O filho nervoso, a mãe chorando, o pai falando do outro. Em dado momento o filho, quase fora de si, perguntou aos berros que diabo era aquilo que o pai estava repetindo. A gritaria deu lugar a um enigmático silêncio. O pai quis falar, a mãe não deixou, o filho exigiu. Resolveram contar tudo. O filho era adotado.

O rapaz perdeu o rumo. O pai, aproveitando que finalmente o nó havia sido desfeito, desabafou. Disse que todos esses anos não perdoava a esposa por ela não ter lhe escutado no orfanato, 25 anos antes. Havia um garoto sentado no chão, perto da janela, um tanto afastado dos demais. Tinha cabelo encaracolado e brincava concentrado com seu peão. O pai queria ter ficado com aquele, a mãe é que decidiu pelo escolhido.

— Tá vendo? O outro não ia estar te dando trabalho — sentenciou o velho.

O filho saiu de casa atônito. Pai e mãe se olharam. Com a convivência, aprenderam a dialogar pelo olhar. A mãe entendeu o que o pai estava querendo dizer. E com o olhar respondeu: Não, não dá mais pra trocar.

ᘒ

Que é que há, velhinho?
Estimulado pela mãe, o filhinho correu pela sala e se atirou no colo do pai:

— Pai, o que você quer ganhar de Dia dos Pais?

O pai fez suspense, olhou para cima, como se estivesse para tomar uma importante decisão de negócios.

— Uma fantasia do Pernalonga.

A mãe foi a primeira a rir, o filho demorou um pouco mais para entender a brincadeira. Mas o pai manteve a seriedade.

— Não é piada. Eu quero uma fantasia do Pernalonga.

— Por que, pai? — o filho tirou a pergunta da boca da mãe.

O pai, bom advogado, tinha sempre um argumento certeiro.

— Eu lhe pergunto por que quando você escolhe seus presentes?

Nos dias anteriores ao Dia dos Pais, mãe e filho viram que era pra valer. Rodaram a cidade atrás de uma fantasia do Pernalonga do tamanho do pai. Só achavam Pernalonga de perna curta. Acharam uma do Frajola, mas o pai, irritado, reclamou que "já disse" que tinha que ser do Pernalonga. As visitas às lojas só não foram completamente frustradas porque o filho acabou ganhando um escudo do Capitão América que há muito ansiava.

Enfim, numa loja de fantasias escondida em uma galeria, acharam um Pernalonga tamanho G. O vendedor, de pouco tato, disse que aquela era uma das preferidas por quem queria ficar bêbado nas festas da firma. Será que era isso que o pai pretendia?

Não era. No Dia dos Pais, abriu seu presente com os olhinhos brilhando. Vestiu a fantasia na sala mesmo. Tirando o rabo meio curto, era perfeita. A mãe constrangeu-se, o filho entrou na onda e brincou com o pai. O pai ainda pegou uma cenoura na geladeira e ficou mastigando com os dentes do canto. No meio da tarde não estavam mais achando graça. O pai guardou a fantasia no armário e nunca mais usou.

Vida de artista

Gostavam de assistir tevê juntos, lado a lado no sofá. O garoto pequeno riu quando o pai, ao ver um artista se apresentando, vaticinou:

— Artista é tudo veado!

O tempo passou, o garoto cresceu, o pai ficou mais velho. O sofá continuava o mesmo. E o hábito também: os dois ali, naquela fraternidade televisiva. A máxima de que "artista é tudo veado" tinha perdido a graça, mas o pai continuava a repeti-la. Adolescente, o filho começou a se incomodar. Descobriu o motivo: queria ser artista. Mas a sentença paterna o oprimia: Será que ele era veado? Jovem, achou que era chegada a hora de reagir, se rebelar. Muitos artistas desfilaram pela tela — alguns bem veados, é verdade — e o filho não criava coragem para contestar a sabedoria patriarcal.

Um dia, apoiado pelos amigos do grupo de teatro, ele decidiu: de hoje não passa. Mais tarde, na tevê um cantor de camisa justa mexia os quadris. O pai balançava a cabeça. O filho sabia que a frase estava vindo. Respirou fundo. Tinha que ser convicto, olhos nos olhos. Sem conflitos, apenas como dois homens que trocam opiniões. O cantor terminou a apresentação e agradeceu o público. Daquela vez o pai parecia ainda mais inconformado:

— Artista é tudo veado!

— Pára, papai! Que coisa!

A voz do filho saiu esganiçada, tensa, mais aguda do que o normal. Talvez por estar muito tempo represada, mas o fato é que pareceu algo muito semelhante a um chilique.

O pai não respondeu. Depois daquele dia, viram tevê lado a lado no sofá com bem menos freqüência. E nas vezes em que o faziam, o pai nunca mais falou que artista é tudo veado.

Mas que pensou, pensou.

Considerações extemporâneas

Primeira consideração: eu não sei o que é extemporânea. Sim, eu sei, eu poderia ir ao dicionário e resolver meu problema, mas, nesse caso, como eu abriria este tratado? A pergunta nos leva diretamente à segunda consideração: mais vale uma ignorância criadora do que uma certeza paralisante.

A única certeza que tenho, se não me engano, é que se trata de um título de livro de Nietzsche, o filósofo que conseguiu a proeza de sacudir a filosofia e de ter cinco consoantes seguidas no nome. E que outro filósofo, Aldir Blanc, conseguiu a proeza de rimar com pizza de aliche.

Mas divago, e diz o sábio: "Devagar com o divagar", o que pode ser considerada a terceira consideração, visto que o sábio sou eu mesmo. Voltando, portanto, à vaca fria — que jamais entendi o porquê de ser fria, e só remotamente o porquê de ser vaca, mas isso é assunto para outro estudo — logo salta aos olhos na palavra o prefixo *ex*. E vejam, senhores, que ex é tão prefixo quanto o 11 é para São Paulo, o 21 para o Rio e o "faz um 21", que não é prefixo mas é um belo *slogan*. Você já se perguntou, sendo assim, qual é o sufixo do seu telefone?

Ex sugere algo que já foi, passado, e carrega normalmente um ar de coisa ruim: ex-esposa, ex-presidente, ex-terço, com a honrosa ex-ceção para a ex-sogra. Extemporâneo é, portanto, o temporâneo, provavelmente nocivo, que não volta mais. Outrossim, mal saímos do lugar, pois *temporâneo* permanece como enigma. Evidente que a luz natural nos leva a crer que a palavra refere-se a tempo. Entretanto, e há sempre um entretanto em filosofia, não nos devemos deixar arrastar pelo mais premente. Se temporâneo significa tempo, então por que não se utilizou logo esta em vez daquela, hein, hein? A palavra seria então Extempo, e indicaria o tempo que já foi, ou seja, sinônimo de passado, o que tiraria toda a graça. Ficaríamos aqui tecendo considerações sobre o passado, como a visita que fiz quando criança ao sítio do meu avô, o que não teria alcance literário nenhum, ainda que a visita ao sítio do meu avô tenha sido extremamente agradável.

Um caminho que costuma dar bons resultados — e se não os dá ao menos impressiona — é o da etimologia. "A ordem das palavras é a ordem do mundo", já dizia o confuso Confúcio diante de tantos termos para significar a mesma coisa e outros que não significavam absolutamente nada, e vamos considerar esta a quarta consideração. Cumpre então que procuremos em nosso enigma a raiz da palavra, o que está entre o prefixo e o sufixo. E o que está entre o prefixo e o sufixo? Ora, o fixo propriamente dito. "Dê-me um ponto fixo e eu faço mover o universo", disse Archimedes (quinta consideração). Descontemos o exagero, visto que se trata do mesmo Arquimedes que saiu gritando *eureka* pelado pela ruas, mas o ponto fixo tem a vantagem de não ser móvel. Ou seja, mantém nosso foco, o que é o objetivo principal destas considerações. Ora, outrossim, portanto, entre o prefixo *ex* e o sufixo *porâneas* temos... o *tem*. O velho verbo *ter*, ele mesmo, princípio de tanta discórdia, da separação do mundo entre os que têm e os que não têm, sedução aos insensatos que em todas as épocas adotaram o ter e preteriram o ser. Sim, senhores, eis aqui a raiz do problema, tão exata quanto a raiz quadrada de nove é três, a raiz de mandioca é saborosa e a raiz cúbica de 27 é... é... bom, deixa pra lá.

Não me estenderei mais. Aos que têm olhos para enxergar, ouvidos para ouvir, tato para tatear, e paladar para saborear a pizza de aliche, a verdade se revela. Considerações extemporâneas trata de um passado perigoso, onde o ter se sobrepôs ao ser, deixado para trás por força desta reflexão no qual dialogamos com outros grandes pensadores.

E aos céticos que liam essas inspiradas palavras considerando que davam voltas sem chegar a qualquer lugar, possivelmente tecendo pensamentos desabonadores ao seu autor, respondo com a sexta e última consideração: Enrolador é a p...

Aforismos desaforados

Ninguém entendeu melhor o espírito do capitalismo que os socialistas. Grande parte deles consegue bons lucros falando mal do capitalismo.

Uma das teorias para o comunismo não ter dado certo é que os proletários do mundo todo não sabiam que proletários eram eles. E muito menos o que significava "uni-vos".

Os Beatles no Brasil
O cara que matou John Lennon ainda está preso. Entrou com pedido de liberdade várias vezes, sempre negado. Fosse no Brasil e já teria sido solto as vezes necessárias para matar também o George, o Paul e o Ringo.

Apoio da família é fundamental.

Que o diga a atriz pornô Jenna Jameson, que em sua autobiografia conta que o irmão a iniciou nas drogas e o pai a colocou como principal atração do clube de striptease que gerenciava.

Hoje ela é só gratidão.

pudor s.m. atentado violento ao sexo.

Não sei como fazer para ser um gênio, mas um bom começo é desistir de ser um gênio.

O vegetariano George Bernard Shaw morreu após ter caído de uma árvore. Estava almoçando.

Todo mundo conhece um chato. Se não conhece, reflita: você pode ser o chato.

É tão órfao, tão órfao, que não tem nem pai, nem mãe, nem til.

Retratos de família

A ESPOSA

Entediada com o casamento, arrumou um amante. Entediada com o amante, arrumou um psicanalista. Entediada com o psicanalista, arrumou um pastor evangélico. Entediada com o pastor, arrumou um poodlezinho. Entediada com o poodlezinho, arrumou um guru. O guru a mandou abandonar tudo: o marido, o amante, o psicanalista, o pastor e o poodlezinho. Como estava entediada, preferiu abandonar o guru.

O MARIDO

Acorda pontualmente às seis da manhã, observa suas olheiras no espelho, vai para a cozinha, aperta a bochecha da esposa, reclama das roupas da filha enquanto o poodle cheira o bico do seu sapato. Toma o café num gole, vai para o trabalho, dá bom-dia para a secretária, toma bronca do chefe, faz três relatórios, volta para casa, guarda o paletó no armário, vai dormir à meia-noite.

Um dia, resolveu mudar tudo.

Acordou ao meio-dia, observou suas espelhas no olheiro, foi para o trabalho, apertou os peitos da secretária e não tomou bronca do chefe porque lhe deu um tiro no peito. Voltou para casa, o bico do sapato chutou o poodle, virou o uísque num gole, tirou o paletó e saiu do armário. Foi para a rua com as roupas da filha e voltou pontualmente às seis da manhã. Desde então, já passou por três sanatórios.

A FILHA

Como toda adolescente, tem entre 13 e 17 anos. Fez uma tatuagem na perna para ser diferente e apanhou do pai para aprender a ser igual a todo mundo. Tem medo de perder a virgindade e nunca mais encontrá-la. Por causa dos hormônios da idade, seu humor varia, entre o péssimo e o insuportável. Gosta de um menino que a ignora e odeia um que gosta dela. Por causa do efeito sanfona, já foi magra como uma flauta e gorda como uma tuba, o que não deixa de ser uma formação original. Pretende ser aeromoça como a avó, que ficou 50 anos na profissão e tornou-se aerovelha.

O AMANTE

Sabe que toda mulher tem um ponto fraco, geralmente o marido. Ou a carne, que é fraca. Com um bom galanteio é capaz de conquistar até padre, principalmente se estiver vestido de menininho. Usa todos os recursos para seduzir uma mulher, especialmente os recursos financeiros. A mulher simples, enche de flores. A mulher cheia de si, enche de sopapos. Considera-se melhor que galã de cinema, pois nas cenas de sexo não têm cortes. Defende que entre quatro paredes vale tudo, principalmente a mulher ficar de quatro e subir pelas paredes.

O POODLE

É pequeno, de pêlos brancos e encaracolados. Por isso os cachorros da vizinhança costumam chamá-lo de ovelha subdesenvolvida. Certa vez, apaixonou-se por uma pastora alemã mas o romance não foi pra frente porque ele não entendia nada do que ela latia. Por falar nisso, só late para pessoas estranhas, especialmente os seus donos, que considera uma gentinha bem esquisita.

Aqui me tens de regresso

É um pássaro? É um avião? Não, é o Superman! Ele voltou! Mas... o que ele está fazendo indo em direção às Torres Gêmeas!? Corta para o Superman voando para bem longe, vendo as torres no chão, a multidão desesperada lá embaixo e dando bronca em si mesmo: Eu sabia, eu sabia! Eu *preciso* parar de beber!

Não, Hollywood não teve ousadia suficiente para fazer essa sequência. Superman retornou mais romântico do que nunca. Três homens disputam a Lois Lane. Clark Kent, Superman e um marido aí. O marido a leva para passear de avião, o Superman também, mas sem o avião, e o Clark Kent não faz nada. Kent quer que ela se apaixone por quem ele é. Mas depois de mostrar a Lane o quanto é inseguro e desajeitado, resolve virar o Superman e leva a amada para ver estrelas. Aí fica difícil.

Na outra ponta do quadrado mágico o marido tem que ter nervos de aço para aguentar a mulher se enrabichar pelo homem de aço. Deve ser duro imaginar o sujeito tirar as calças e a cueca — em ordem inversa no caso — e mostrar o super-fantástico amigo para sua esposa.

Lane, por sua vez, está super-ressentida com o Superman porque da outra vez ele lhe deu uma fungada no cangote e causou queimaduras de 3º grau. Depois saiu para salvar o mundo e nunca mais voltou.

Aí ela fez um artigo chamado "Por que o mundo não precisa do Superman", mesmo tendo sido salva seis vezes por ele só nesse filme e mais umas onze nas outras sequências, quando ela ainda estava a cara da Margot Kidder. Não dá para ler o artigo porque as letras são pequenininhas e a câmera não dá close. Fica a curiosidade. Afinal, num mundo de Bin Laden, Hezbolah e PCC pra que Superman, não é verdade?

O artigo convenceu e a Lane vai receber o Pulitzer. Antes é sequestrada, enfiada numa cápsula minúscula que vai afundando no mar e enchendo de água, e o único que pode salvá-la é o inútil do Superman.

O filme ainda tem Kevin Spacey no papel de Lex Luthor. Lex Luthor e Lois Lane, as mesmas iniciais. Já parou pra pensar no que isso significa? Significa que se algum esperto escrever um livro chamado O Código Kent vai se dar bem explorando enigmas como esse.

Luthor está em liberdade porque o Super não foi depor em seu julgamento. Ser roteirista em país que a Justiça funciona obriga a inventar essas desculpas furadas. Se fosse no Brasil o Lex pegaria 30 anos de cadeia por destruir a humanidade, o que não é considerado crime hediondo, teria a pena reduzida pela metade por bom comportamento enquanto dormia, menos cinco anos como atenuante pelo fato de ser careca, cinco de regime semiaberto e cinco de regime semifechado — o que dá na mesma mas ninguém explicou isso ao Código Penal —, e mais um bônus de cinco anos que o presídio oferece em um bingo todos os anos. Noves fora, o Lex ficaria em liberdade com direito a um latrocínio porque ficou em crédito com o Estado.

Já o Superman, coitado, iria virar tese de mestrado e descobrir que não passa de um emissário do imperialismo. E que seu único superpoder é alienar o povo vencido que jamais será unido.

Ou algo assim.

•Vácuo

— E então, quando você vai aceitar meu convite pra um jantar?

— Nunca, e você sabe muito bem porquê.

— Não sei, não. Por quê?

— Porque eu sou noiva.

— Noivas não jantam?

— O que sua namorada acha de você ficar convidando outras mulheres para sair?

— Para o seu governo, ela nunca falou nada. Tá certo que nunca ficou sabendo.

— Pois eu teria vergonha de namorar com você.

— Ok, ok, podemos ser apenas bons amantes.

— Quem está feliz num relacionamento jamais vai atrás de amantes.

— Você está feliz no seu?

— Muito.

— Seu noivo te trata bem?

— Como uma rainha.

— Já vi tudo. Quando o sujeito valoriza um romance, na cama é uma comédia.

— Aí que você se engana. O Alfredo é um homem completo.

— Quer dizer que o Alfredo é o homem perfeito.

— Claro que não. Perfeição não existe.

— Então me fala um defeito do Alfredo.

— Eu não vou ficar perdendo meu tempo com você.

— Diz. Tem medo de falar do verdadeiro Alfredo?

— Tá bom. Não vejo problema nenhum. O Alfredo tem uma coisa que eu não gosto, sim. Ele não dá muita atenção às coisas que eu falo.

— É mesmo? Me fale mais a respeito.

— Eu sinto que ele me acha bonita, me ama, mas não me admira. Você entende?

— Não.

— Não?

— Não entendo como ele pode não admirar uma mulher admirável como você.

— Lá vem você com as suas gracinhas.

— Falo sério. E se você quer saber, abriria mão do prazer de te levar para cama pelo prazer maior de só conversar com você.

— Você não está falando sério.

— Deixa eu te provar.

— Como?

— Aceitando meu convite para um jantar.

Ela aceitou. Afinal, não faria nada que não quisesse. Rogério passou a noite inteira ouvindo Fernanda contar sobre seu dia, suas histórias, suas ideias. Não fez nenhuma insinuação, nenhum galanteio. Terminaram a noite na cama. Fernanda falou muito — antes, durante e depois do ato sexual. Rogério ouviu tudo prazerosamente. Com o prazer da conquista e de ter descoberto o único vácuo que Alfredo deixou em relação à noiva.

Perfume de gardênia

Um dia não se aguentou mais e abriu o jogo com a esposa.

— Leila, a gente precisa dar um jeito no Miguelzinho.

— Que é que tem o menino?

— Você sabe muito bem o que ele tem.

Silêncio. Leila sabia muito bem o que tinha o Miguelzinho. O garoto andava muito esquisito. De uma hora pra outra inventou de criar um conjunto de boleros.

— Deixa ele, Rodolfo. Isso passa — a mãe tentava acalmar o marido. E se acalmar.

— Leila, isso não é normal! Os garotos da idade dele têm banda de rock, fazem barulho na garagem, arrepiam o cabelo, andam de jeans rasgado. Mas o nosso filho, Leila...

O Miguelzinho andava de terno, às vezes de fraque.

Penteava os cabelos para trás com gumex, porque gel era coisa "dessa geração que não sabe valorizar o que é bom".

— Fala baixo, Rodolfo. Quer que o nosso filho ouça?

— E daí que ouça? A gente não pode fingir que não está acontecendo nada — a voz do pai tornou-se chorosa: — Meu Deus, olha o que foi acontecer com o meu filho.

— Cala a boca, Rodolfo. O Miguelzinho está vindo aí. Vamos resolver isso com calma.

O filho entrou na cozinha cantarolando. *"Reloj, que tiene em sus braços, hace esta noche perpétua."*

— Filho, a gente precisa conversar.

— Agora, mãe? Eu marquei ensaio com o Hector e o Julio.

Como não achou ninguém de sua idade para participar, Miguelzinho formou o conjunto com o Hector, um violão cristalino mesmo aos 62 anos, e o Julio, um virtuoso das maracas que nem a tremedeira crônica nas mãos foi capaz de derrubar. Perfume de Gardênia era o nome do conjunto.

O pai se enfezou.

— O Hector e o Julio podem esperar.

— É "Rúlio", pai. Já falei.

— Tanto faz!

— Calma, Rodolfo.

— Basta, pai. *No hay porque levantar la voz.* Tranquilo.

O filho agora inventara de encaixar um castelhano no meio das frases. A última novidade era o tranquilo, pronunciado sem o trema.

— Filho, nós te fizemos alguma coisa? A gente deixou de te dar apoio, carinho? Pode falar, meu filho.

— *Madre, madre... ustedes son maravillosos.* Quiçá todos pudessem ter uma família como a minha — e, para completar, cantarolou: — *Quiçás, quiçás, quiçás...*

Foi a gota d'água para o pai explodir.

— Pode parar com essa palhaçada. E quer saber? Eu te proíbo, Miguelzinho. Enquanto você morar sob este teto está proibido de ouvir, cantar, tocar e muito menos dançar bolero.

— *Ninguém puede barrar mis sueños* — gritou de volta o Miguelzinho. Mas logo depois sorriu e puxou o papel e a caneta: — Opa, isso dá um bolero.

O pai desabou na cadeira. A mãe argumentou que repressão só iria piorar. O Miguelzinho podia fugir de casa e parar, sei lá, no palco de algum clube noturno.

— Mãe, posso ir?

— Olha aí — falou a mãe tranquilizando o marido. — O nosso filhinho é educado, pede autorização. E para o garoto: — Vai, meu anjo, mas não demora.

— Tranquilo.

O menino foi saindo, sob o olhar deprimido do pai.

Na porta, Miguelzinho deu meia volta improvisando um passo de dança.

— Ah, e antes que *yo me olvides*. A partir de *hoy ustedes* podem me chamar de Miguelito?

Fábulas imorais: a formiga e o narrador

A formiga vinha caminhando, com uma folha às costas, pela longa estrada de terra em direção ao formigueiro. Contornava, bravia, cada obstáculo, como plantinhas e pedregulhos. Vencia o vento e não se importava com o sol a pino. Estava totalmente envolta em seu objetivo, seguindo corajosamente...

— Anda logo, rapá!

(Silêncio)

(De onde teria vindo essa intervenção?)

— Que é que te deu? Conta esse troço logo. Fica aí embaçando e eu com esse peso nas costas?

Era a formiga. E, pelo visto, está falando comigo.

— Dona formiga, confesso que não esperava pela sua voz ativa na minha humilde fábula, mas é que...

— Meu amigo, vamos deixar as churumelas para depois. Por enquanto eu queria que você narrasse de maneira mais breve que puder a minha chegada ao formigueiro pra eu largar esse diabo desse peso logo. Se você for contar cada pedrinha que eu desviar, o sol, o vento, só vai dificultar minha vida. Além do que, fica parecendo filme iraniano.

Não pude deixar de notar que o humor da minha personagem não estava dos melhores. Arrisquei um gracejo para descontrair o ambiente:

— Mas, dona formiga, o tal peso que a senhora fala não passa de uma minúscula folhinha.

— Que é cinquenta vezes mais pesada que eu. Coloca a tua mãe nas costas, que de tão gorda a proporção deve ser a mesma, e depois a gente conversa.

— Escuta aqui, ô formiga. Estou te tratando com respeito. Recolha-se à sua insignificância. Você não passa de um inseto. E de ficção, ainda por cima.

— Ficção da pior qualidade, diga-se.

Aquela observação da desgraçada com um ar blasé de crítico literário me tirou do sério. Exigia uma resposta categórica.

— Me permite um conselho? Fica na tua que a minha mão está formigando pra te esmagar.

Achei que ia provocar medo. Mas ela riu.

— Olha aí, estou falando. Esse tipo de trocadilho é o melhor que você pode fazer?

Depois, séria, deu-me um golpe que eu não esperava.

— Além disso, como você mesmo disse, eu sou de ficção. Impossível você me esmagar.

A maldita tinha razão. Agora eu sentia o veneno cruel dos bichos de fábulas: eles vivem te dando lição de moral. Obrigam-nos a admitir que sabemos menos que um invertebrado. Ela me fitava com ar de superioridade. Humilhado, eu permanecia com os olhos baixos, fitando o teclado.

O teclado!

— De fato, dona formiga, eu não posso esmagá-la. Mas posso fazer coisa pior.

—

— Desculpe, formiga, não entendi o que você disse.

— Eu não disse nada. Você não deixou.

— A senhorita podia falar um pouco mais alto. Assim não escuto.

Ela acusou o golpe. A empáfia transformava-se em irritação.

— Issto é un truqwxue sujjo. Você naio pplode adyultteorar assssim ol qomnh xclvind.

— Calma, dona formiga. Não fique nervosa. Não consigo entender o que a senhora fala. Calma. Respire...

Fiquei assim, fitando a minha personagem com tranquilidade e ironia, enquanto ela permanecia congelada, apesar do sol a pino, com um enorme peso às costas. Senti-me aliviado. Poderia escrever um grande sertão veredas inteiro fazendo-a zanzar pra lá e pra cá sem nunca livrar-se do fardo. Ou então fazer literatura intimista, colocando a formiga a viajar para dentro de si mesma, refletindo sobre aquele instante único de sua existência.

— O problema é que ia ficar uma porcaria — pensei alto. Ou foi a voz da formiga?

Lição imoral 1 — A melhor maneira de tirar um peso das costas é passando-o para alguém.

Lição imoral 2 — Mostre que é maior que seus personagens e você ganhará deles. O problema é que perderá os leitores.

Videogame

— Olha, pai, um videogame! Eu quero, pai! Eu quero um videogame!

Diante da algazarra do menino, o pai não teve alternativa.

— Tá bom, pode pegar.

O gordo desceu as escadas desesperado.

— Que barulho é esse? Estão malucos?

— O menino viu o videogame e quis ter um, só isso — o pai limitou-se a explicar.

— Eu falei que não ia dar certo trazer o garoto — resmungou o gordo.

— Já te falei mil vezes. Hoje é meu dia de ficar com ele. Não tinha jeito.

— Não tinha jeito! Não tinha jeito! — o gordo fez uma pausa como que se tocando do absurdo da situação:

—Nós estamos no meio de um assalto!

Continuaram discutindo. O gordo insistiu que o moleque tinha que ter ficado com a mãe. O pai retrucava que o parceiro "sabe como é a Clotilde" e que não teve como argumentar: a ex disse que aquele fim de semana era dele e estava acabado. Se não, ia na polícia, e a coisa ficaria bem pior.

A deliberação foi interrompida pelo som alto do videogame. O menino se divertia matando bandidos. O gordo levou as mãos à cabeça: "Avacalhou de vez."

O pai mais uma vez defendeu o garoto.

— Deixa, é melhor que ele se distraia enquanto a gente faz o serviço.

— Isso. Liga uma musiquinha também.

— Escuta aqui, ô gordo, estou me cansando das tuas ironias. Te falei que era melhor adiar o serviço.

— Ótima idéia. A gente podia ligar pros donos da mansão e dizer pra ficarem de férias mais uma semana, que ainda não deu tempo da gente assaltar a casa deles.

O menino riu do jeito que o gordo reclamava. O gordo foi até ele tentar resolver a situação.

— Escuta, garoto. Você gosta do titio não gosta?

— Gosto — respondeu o menino sem tirar os olhos da tela. E comemorou: — Matei! Matei o ladrão!

Só então o gordo prestou atenção no jogo. Um policial estilo swat, com um fuzil na mão e um revólver na outra ia abrindo caminho espancando e atirando em uns bonequinhos carecas, mal encarados e cheios de tatuagens. O gordo se revoltou.

— É isso que ensinam às nossas crianças?! A nos espancar! A quebrar nossas costelas!

— Fala baixo, gordo. Quer acordar a vizinhança? — sussurrou o pai.

— Eles ensinam os guris a nos odiar desde cedo — o gordo continuou discursando. — Justamente nós, que distribuimos renda, que não cruzamos os braços diante das mazelas do país! Covardes!

O pai bem que tentou conter a revolta do comparsa. Quando a polícia chegou, o gordo estava perguntando ao garoto se não tinha jeito de os bonequinhos carecas reagirem à opressão. O pai, algemado, limitava-se a balbuciar: "A Clotilde só me dá dor de cabeça."

Crônica de Páscoa

Sim, há dois mil anos e uns quebrados, Cristo estava sendo castigado e imensamente só, tanto que quando disse "perdoai, senhor, eles não sabem o que fazem" nem tinha o Mel Gibson para registrar a preciosa frase pelo melhor ângulo.

Confesso envergonhado que não entendo bulhufas da Paixão, e mais envergonhado ainda por ter usado a palavra bulhufas. Por exemplo, em que momento o ovo de Páscoa entrou na história? Em uma sexta, Cristo morreu, no domingo ressuscitou, a notícia se espalhou e todos resolveram comer ovo de chocolate. Não, não pode ser. O ovo só pode ter vindo muito depois. Mas por que diabos — com o perdão de citá-lo nesta crônica — em algum momento surgiu a associação entre essa história exemplar e um ovo de chocolate é coisa que nem o mais sábio dos homens conseguiria explicar.

Outra: por que a Páscoa cai cada ano em uma data? Diz o bom senso que se morre num dia só, e iria ser um comportamento bem excêntrico fazer as homenagens um ano no dia 26, no seguinte no dia 15, no outro cinco dias depois e assim vai. Se não se respeita a data, que dirá o finado? No entanto, o mais admirado dos homens é vítima dessa esculhambação, com a homenagem sempre num dia diferente e às vezes até em mês diferente.

Aliás, até com relação ao nascimento a confusão se instaurou. Foi estabelecido que o nascimento de Cristo é o marco zero do calendário. Entretanto se comemora seu aniversário em 25 de dezembro, e o ano só muda sete dias depois. Ou seja, acabou virando marco menos sete. Desconheço se na época havia o costume de comemorar o aniversário no sábado anterior caso o dia certo caísse no meio da semana. Mas nem isso explica, visto que o reveillon cai sempre no mesmo dia do Natal. Talvez os apóstolos prepararam a festa para o dia certo, mas como a agenda do homem estava cheia — milagres a cumprir, uma dura nos vendilhões do templo, dia de jejum — resolveram antecipar uma semana. O único problema é que o pão e o vinho ainda não tinham chegado, mas isso não era problema considerando-se o aniversariante. Enfim, dois séculos se passaram, hoje estou em frente a esse computador e provavelmente uma coisa não tem nada a ver com a outra. Talvez eu não devesse brincar com esses assuntos, mas quem há de negar que hóstia gruda no céu da boca?

A importância de ser Zé

Houve um tempo em que ser Zé bastava. O nome era suficiente para indicar o cidadão. Na Grécia, onde esse negócio de cidadão começou, Sócrates era Sócrates e pronto, e se alguém perguntava de quem se tratava o outro respondia: o chato que só sabe fazer perguntas. "Ah, sei", respondia o primeiro.

Mas logo os gregos descobriram que só o nome não bastava. Zenão, por exemplo, tinha dois. Anaximandro confundia com Anaxímenes, que por sua vez toda hora era tratado por Anaxágoras. A solução foi identificar pela cidade. Aí passou a ser o Zenão de Eléia, o de Cício, o Tales de Mileto, o Pitágoras de Samos. Alguns ficavam bem estranhos, como o Xenófanes de Colofão e o Filolau de Crotona, mas esses que fossem reclamar na Acrópole. Eram os primórdios dos sobrenomes.

Hoje, com mais de seis bilhões de pessoas no mundo, ser Zé não diz praticamente nada. Zé da Silva tampouco. E mesmo se apelarmos para o método grego — O Zé da Silva da Vila Anastácia — ainda assim a coisa não está definida.

— Na Vila Anastácia tem vários Zés. Você não tem mais nenhuma informação?

— Deixa eu ver... Ah, uma vez ele falou que o lugar onde mora chama Beco da Farofa.

— Sei, Zé da Silva da Vila Anastácia do Beco da Farofa. Com qual deles você quer falar?

— Como assim, com qual deles?

— Porque tem o Zé borracheiro, tem o filho da Henriqueta, tem um que está foragido, que você não vai achar de jeito nenhum, tem o Zé da Silva da Vila Anastácia do Beco da Farofa da Dona Dindin...

— Tá bom! Chega, chega. Desisto.

— Que é isso, chefia? A gente chega lá. Você não lembra de mais nada? Qualquer detalhe ajuda.

— Detalhe...? Já sei! Esse Zé tem uma mancha rocha, bem grande, no braço.

— Ah... Agora sim.

O que procurava o Zé ficou aliviado.

— No braço esquerdo ou direito?

Tudo por amor

Ernani não se conformava de ter sido abandonado pela Fefê. Implorava dia e noite por uma segunda chance. A correção da Fefê soava como uma humilhação:

— Que segunda chance, Ernani? Eu já te larguei umas quinze vezes.

— Me dá uma décima sexta chance, Fefê. Tô te pedindo!

E o Ernani mandava flores, presentes, telemensagens, fazia simpatias. Também tentava a tática dos encontros casuais.

— Fefê! Você por aqui? Coincidência...

— Ernani, a gente está no elevador do meu prédio.

Fefê tentou despachar o Ernani de todas as maneiras. Mas não tinha jeito. Ele tinha terceirizado sua autoestima.

— Fefê, eu faço tudo por você.

Nesse momento ocorreu a ela a ideia que seria sua salvação.

— Tudo mesmo?

— Tudinho. Qualquer coisa pra você ficar comigo.

A Fefê teve paciência. Reataram e viveram alguns dias como um casal normal. A única coisa que ela dizia era que morar juntos nem pensar. Depois disse que eles deveriam se ver menos, para "arejar" o relacionamento. E um dia Fefê lançou a bomba. Argumentou que era uma mulher moderna, que os tempos estavam mudados, e queria experimentar o relacionamento aberto. Ernani quis protestar, mas Fefê o censurou lembrando da promessa.

Viram-se cada vez menos. Um dia Ernani soube por um amigo comum que a Fefê ia se casar. E ele nem ao menos havia recebido convite. Ligou disposto a expressar sua indignação.

— Mas quem disse que nós não somos mais namorados? — respondeu a Fefê, desarmando-o. — A propósito, aproveitando a ligação, eu e o Romeu vamos morar fora do país.

— Mas, Fefê...

— Nenê... — a Fefê tinha descoberto que chamar o Ernani de Nenê o acalmava. — Não fica preocupado, não. A sua Fefê te adora.

Apesar do choque com a notícia, Ernani ficou contente. Estava cada vez mais convencido que tinha valido a pena lutar pelo amor de sua Fefezinha.

A História da Filosofia segundo o homem comum

Sei quem era sim, claro. Ficava por aí, batendo sandália o dia inteiro. O barato dele era fazer pergunta. O problema é que nunca era coisa fácil, tipo onde fica o Partenon ou se Zeus era com Zeta ou com Sigma. A coisa sempre terminava ou em briga ou no boteco. No fundo, falta do que fazer. Sabe como é, naquele tempo metade pegava no pesado e a outra metade dizia que democracia é assim mesmo. Dizem as más línguas que era hetero, mas isso aí eu já acho que é intriga da oposição. Afinal de contas, neguinho querendo ver o barbudo pelas costas é o que mais tinha. Tanto é que teve um julgamento aí pro homem. Barra pesada, eu estava lá carregando pedra e vi tudo. O vovô não era de levar desaforo pra casa, não. Uma autoridade lá disse que ou ele se emendava ou ia ter que

tomar cicuta. O barba só olhou, deu um sorriso de canto e emendou: "E eu lá sou homem de recusar birita?"
Perseu de Acaraxim, escravo em Atenas

Grande homem! Era tão respeitado lá no mosteiro que eu tinha até medo de me aproximar dele. Um dia criei coragem. Perguntei como é que ele tinha feito pra chegar num estágio de sabedoria tão alto. O bispo Agostinho deu um sorriso cordial e perguntou se eu aceitava tomar um vinho com ele. Puxa, era uma honra. Ele começou a contar da sua adolescência e juventude de perdição, sempre sereno apesar de relatar as maiores barbaridades. Ao contrário, parecia até que se comprazia em relembrar os tempos de outrora. Ofereceu-me mais vinho. A tarde foi passando e o bispo contou-me das prostitutas, dos roubos nos quintais dos vizinhos, dos jogos de azar, das más companhias. Abrimos outra garrafa, e depois outra. Em determinado instante sugeri pararmos, pois o bispo Agostinho já tinha idade avançada. Ele empurrou a garrafa contra a minha face, irritado, e ordenou: Toma e bebe. Contava das arruaças que participou e sua risada ecoava por todo o mosteiro. Eu fiquei confuso com aquelas palavras, com relação à minha vocação. Foi quando o santo homem colocou as mãos em meu ombro, me puxou para perto de si e disse: "Meu filho, depois de tudo que lhe contei você ainda está confuso?" Foi uma iluminação. Naquele dia mesmo larguei aquela porcaria e caí na gandaia.

Miguel Tertulius Feliciano, ex-noviço da igreja de Hipona e depois promoter de eventos em louvor a Dioniso

Olha, o que mais eu lembro do velho Leleu foi o perrengue que ele passou lá com a tal da Santa Inquisição. Santa roubada que ele se meteu, isso sim. No começo, o Leleu dizia que não ia mudar uma vírgula do que ele tinha escrito. Aí nós, os amigos, começamos a ponderar, manera daqui, manera dali, tu vai virar churrasco etc. etc. Amigo é pra essas coisas, aos poucos fomos fazendo a cabeça do homem. O Fibonacci, um compadre responsa nosso, dizia que se fosse pra evitar confusão valia até falar que a Terra tinha formato de cone. Melhor um errado vivo do que um punhado de cinza coberto de razão, concorda? Só que o Leleu era teimoso que nem uma mula. Aliás, um dia ele teimou que se jogasse uma mula e um pacote de macarrão de cima da torre caía os dois ao mesmo tempo. Vê se tem cabimento. Mas nosso aconselhamento foi dando resultado. Aos poucos o Leleu concordou em mudar uma vírgula aqui, tirar um parágrafo dali, suprimir uma ideia ou outra que não ia mudar muito o conjunto da obra... Mesmo assim quando ele foi pro tribunal ficou todo mundo apreensivo. Na volta foi aquela muvuca em cima do Leleu: E aí, negou que a Terra gira em torno do Sol? E ele: "Que Terra gira em torno do Sol? Estão malucos!? Onde é que vocês ouviram uma barbaridade dessas?"

Condolezzo Bambonieri, amigo e conselheiro de Galileu

Ah, esse era uma figuraça. Chegou aqui um dia abraçado no pescoço de um cavalo dizendo que não era louco coisa nenhuma. Aí olhava pro cavalo e pedia: "Explica pra eles, Jurandir". Gente boa, mas todo irritadinho. Um dia um outro maluquinho entrou no quarto chamando-o de Nietzsche e recebeu de volta uma ameaça: "Nietzsche é o caralho! Meu nome é Anticristo, porra!" A rapaziada tentava respeitar mas era difícil. No outro dia o sujeito já queria ser chamado de Teseu, o Tesudo, depois de Brancaleone, no outro já era Waguinho da Cuíca e por aí vai. Filósofo maluco é fogo, em vez de ser Napoleão que nem todo mundo. Pior foi no dia em que ele raspou o bigodão e anunciou que a partir daquele dia podiam chamá-lo de Matilde Mastrangi. Diziam que tinha uma maldição que quem fosse normal e chegasse perto do homem ficava louco também. Eu sempre achei besteira. Afinal o que é ser louco? E o que é ser normal? E o que é ser (*sai cantando e dançando, imitando As Frenéticas*) mutcho louco, mutcho louco, mutcho looouco...

Hanz Fritz Franz, enfermeiro do sanatório em que Nietzsche passou os últimos dias de vida

O carequinha? Sei quem é. Morava logo ali ó, no segundo andar. Aqui da porta da birosca dava pra acompanhar toda a movimentação, sabe como é. Eu não quero me meter onde não sou chamado, mas sabe como é, a rapaziada comenta, é ou não é? E o que a gente via era que vivia saindo e entrando uns garotão marombado ali na casa do careca. Sabe que deram até um apelido pra ele? Kojaka! Há, há, há, não é muito boa!? Opa, foi mal aí doutor, mas sabe como é a rapaziada, cheia de preconceito e coisa e tal. É, tô ligado que ele liberava o Fucô. Ah, o nome dele era Fucô. Fazia filosofia? Sei, sei... eu, pra falar a verdade, não tenho nada a ver com isso: a mente é dele, modos que ele abre pra quem ele quiser. É ou não é?

Jean-Louis Sabonet, garçom do bar na esquina da casa onde viveu Michel Foucault

Memórias esquecidas

Acabei de completar 85 anos e resolvi escrever minhas memórias. Tomei essa decisão depois que... depois que... eu não me lembro exatamente depois de que, mas não tem importância. O que importa é que aos oito anos. Ou foi aos nove? Não, acho que foi aos 16. Isso: 16. Aos oito anos, eu perdi meu emprego.

Que foi, dona Genoveva? A dona Genoveva, a governanta que me acompanha faz... faz quantos anos, dona Genoveva? Exato, cinco anos. Ah, cinquenta!? Nossa, o tempo passa, hein dona Genoveva. Mas do que estávamos falando mesmo? Ah, sim, a dona Genoveva me disse que eu perdi o emprego aos 45 anos, e que não é Genoveva, e sim Gertrudes.

Então, como eu ia dizendo, aos 18 eu resolvi entrar pra Marinha. Meu sonho era ser general. Que foi, dona Genoveva? General na Marinha? A senhora enlouqueceu? E pára com essa mania de ler por cima do meu ombro.

Bem, então eu me casei e a cerimônia foi exatamente do jeito que eu contei. Era bexiga, brigadeiro, língua de nora, todos os amiguinhos estavam lá. Nunca esqueço aquele aniversário. Teve até aquele palhaço famoso. Aquele que tinha feito um filme, como era o nome? Que no filme ele fazia o papel de um... como é o nome daquela profissão? Aquela que o sujeito fica dentro daquele negócio que anda em cima de um trilho? Bom, enfim, eu só sei que foi uma perda muito triste pra mim. Foi muito de repente, e o tio Leopoldo era um tio que eu gostava muito. Ainda ontem ele veio aqui. Quem o quê, dona Gioconda? O tio Leopoldo morreu, não acabei de dizer? A senhora quer fazer o favor de deixar eu me concentrar. Assim eu perco o fio da meada. Tem coisa que eu me lembro que parece que foi hoje. Eu lembro bem de uma manhã que eu resolvi dar um passeio na praia, depois à tarde joguei um dominó com a velha guarda e no fim do dia resolvi escrever minhas memórias. Ah, a velha guarda. Somos quatro no buraco: a hora que um morrer tem que mudar de jogo. Não é à toa que chamam a gente de trio parada dura. Que quarto, dona Germana? A senhora vai arrumar o quarto? Faça isso, e não me torra mais a paciência. Eu aqui lembrando da amizade com o Edgar, o Helio e o Matias e você me interrompe. Que foi? Fala mais alto, dona Gisleine, a senhora com essa mania de falar baixo. Ah, sim, dessa vez a senhora tem razão. O trio é o Walter, o Cabral e o Leleco. É que esses nomes são tudo parecido e eu me confundo.

Bom, sobre minha esposa, o que que eu posso falar? Tem tanta coisa que eu até esqueço. Viver é um negócio maluco. É como eu estava dizendo: se a gente não batalhar, igual eu fiz nesse caso da firma de seguro, aí a coisa não vai. Trabalhei 25 anos nessa empresa de demolição e sabe o que aconteceu? É até difícil falar dessas coisas que emocionam. Ver o Pedrinho ali na maternidade. Primeiro filho é fogo. Depois nós fomos pra casa e o Joãozinho, o mais velho, ficou naquela ciumeira. Logo em seguida eu ganhei meu primeiro patinete. Foi no quintal do meu vizinho, o Landinho. A gente subia na mangueira do seu Aderbal pra roubar jabuticaba até um dia que o cachorro percebeu. A emoção de ganhar o primeiro cachorro é indescritível. Mês passado eu estava ensinando pra minha nora como é que faz pro Gabriel, meu netinho, não esquecer a tabuada nunca mais. Fala, dona Filomena... será que a senhora só sabe me interromper? Claro que foi o mês passado, dona Filomena. Mas que 20 anos, dona Filomena?

Eu sei que o Gabriel tem 26, e o que isso tem a ver? A senhora vai deixar eu continuar? Vai buscar um chá pra mim, vai. Isso, me deixa em paz. Fica me desconcentrando e eu acabo esquecendo tudo.

Então, meus caros leitores, esse é o primeiro capítulo da minha história. São 85 anos de vida, e recordar o passado assim desse jeito faz tudo ficar tão nítido. Amanhã eu vou contar de quando... de quando... não posso esquecer de pedir pra dona Jesuína me lembrar de escrever amanhã. Nessa tarefa precisa de disciplina; disciplina é tudo. Cadê aquela velha caquética que some na hora que a gente mais precisa? Ah, apareceu a margarida. Onde a senhora se enfiou? Não quero chá não, obrigado. O que eu quero é que a senhora não deixe de me lembrar de jeito nenhum que amanhã eu tenho que regar as plantas.

Virgens eternas

O homem-bomba chegou ao paraíso e foi logo abrindo o jogo com o profeta que o recebeu.

— Sabe o que é, seu profeta, não me leve a mal, mas se tiver algum protocolo, alguma ficha de entrada pra preencher, eu podia deixar pra depois? É que eu queria ir logo para as 72 virgens.

— Claro, meu jovem — respondeu o profeta. — Mas pra que essa ansiedade toda?

— É que uma das minhas preocupações lá em vida é que as virgens acabassem. Sabe como é, tanto homem-bomba antes de mim...

O profeta sorriu.

— Não temos esse problema. As virgens estão à sua disposição. Quantas você quiser.

— Quantas eu quiser? Não são 72?

— Setenta e duas é um número que a gente usa pra chamar a atenção. Uma espécie de *slogan*, compreende?

O homem-bomba mal podia se conter de felicidade: tomara a decisão certa.

— Quer dizer que eu...

— ... pode desfrutar da mulher que você quiser neste lugar.

— Agradeço, seu profeta, mas eu vou ficar só com as virgens mesmo.

— Mas aqui todas são virgens.

— Como assim? — o homem-bomba coçou a cabeça. — Isso não pode ser. Vieram muitos outros antes de mim. Eu não posso acreditar que um sujeito amarra uma bomba na cintura, se explode e depois não aproveita.

O profeta sorriu de novo.

— Esse é o ponto, meu jovem. Você amarrou uma bomba na cintura e se explodiu. Você já viu o estado do seu pau?

A velha louca

Foi criado pelos tios porque os pais... bem, não convém contar história tão triste. Como se não bastasse, o tio apreciava brincadeiras sarcásticas, e repetia para o guri diariamente, com olhos arregalados e tom apocalíptico, para ele jamais — jamais! — abrir o armário do quartinho do fundo. "Senão" — o tio fazia uma pausa, olhava para os lados como se estivesse sendo vigiado — "a velha louca sai de lá e arranca suas orelhas". Nem é preciso dizer que aquilo causou profunda impressão ao garoto de nove anos. Tinha já a sensibilidade aguçada pela perda dos pais naquele acidente... deixa pra lá. Nunca se aproximou do tal armário.

Na escola, perguntava-se se alguma das suas professoras não seria a velha louca que teria escapado. Quando expôs esse medo ao tio esperando conforto, ouviu apenas um "quem sabe, quem sabe".

Cresceu vendo a velha louca em tudo. O tio contribuía. Cada desastre, cada catástrofe, cada acidente, incidente, terremotos, furacões, era coisa de alguma velha louca que saiu de armários que jamais deveriam ter sido abertos. Pensou nos pais. Já era maduro para entender que tinha sido coisa da velha louca.

Jovem, estudante de belas artes, ficou profundamente impressionado com o autorretrato de Van Gogh. Sem orelha. Será? Ligou para o tio. Já não moravam na mesma cidade. O tio continuava na velha casa do interior. Protegendo o armário, dizia. Contou sobre Van Gogh. O tio disse que o retrato havia sido pintado pela velha louca. "Como Van Gogh olharia para si mesmo?", argumentou. O sobrinho desligou atônito. Casou-se, separou-se, arrumou empregos, foi despedido. Passou a colecionar fracassos. A sombra da velha louca o perseguia. Fez análise, começou a dar resultados, mas certo dia caiu em si que a psicóloga era velha. Nunca mais voltou.

Um dia recebeu a notícia que o tio estava muito doente. Ele esteve ao seu lado até o último suspiro e as últimas palavras: "A velha louca..."

Carregou aquele medo atávico pela vida afora. Passou pela idade da razão e chegou à idade em que a razão vai embora. Estava velho. E só. As jovens não o queriam, e as velhas era ele que não queria. A essa altura, já tinha consciência de que havia deixado de viver por causa de uma fantasia, uma alucinação da mente doentia do tio.

Tudo o que queria agora era partir em paz. Sabia que tinha uma missão a cumprir.

A antiga casa estava trancada. Há anos ninguém entrava ali. O pó do tempo se acumulava nos móveis. Lembrou de quando corria por aquelas dependências. Quando aprontava, o tio dava um jeito de mencionar a velha louca. Um método pedagógico pelo qual ele pagou caro.

Caminhou com suas pernas fracas até o quartinho. O armário ainda estava lá, o mogno escuro e imponente. Sua vida ficara trancada ali dentro. Ele colocou a mão na maçaneta e sentiu medo. Mas girou-a com decisão e abriu o armário. Aí a velha louca saiu lá de dentro e arrancou suas orelhas.

Regularizar a situação

— Precisamos regularizar a situação.

Era assim que ele, Otávio Morais Gouvêa, assim mesmo, com circunflexo conforme sua personalidade, burocrata de uma empresa de logística que adquiriu razoável reputação tornando grandes os pequenos problemas, argumentava com sua amante quando se impacientava com a precariedade dos laços afetivos que os uniam.

— Calma, Tavinho. Precipitação só vai complicar as coisas.

Era assim que ela, Ludmila D'Alessio Figueira, mulher de 30 e muitos que, se não conservava o viço da juventude que fazia os rapazes dirigirem-lhe comentários lisonjeiros, ainda mantinha encanto, apesar de certa flacidez aqui e ali e das marcas de expressão que pareciam não estar ali no dia anterior, respondia aos apelos do amante para que não tomassem nenhuma atitude fora de hora.

Na verdade, Otávio tentava descobrir qual seria a hora propícia há quase sete anos, tempo em que eles mantinham relações às escondidas. Ludmila sempre encontrava uma desculpa inescapável para não regularizar a situação: a sogra que veio morar com ela e o marido, os problemas com drogas do primogênito, a situação do país, a falência de um rim do cunhado, a seita em que o primogênito se meteu, a sogra que foi embora e os deixou na mão. E assim o tempo foi passando.

O fato é que Ludmila há muito perdera também com Tavinho o frescor e o ímpeto do início da relação. O proibido virou rotineiro. O amante convertera-se em uma espécie de segundo marido. O tédio que a tudo corrói os transformara em um casal comum. Só não podiam passear de mãos dadas no parque, dividir o saco de pipocas no cinema, ir a eventos sociais, mas isso um casal comum também não faz. Se não fosse pelo veneno, elucubrava Ludmila, Romeu e Julieta estariam bocejando juntos em frente à tevê, e pensando que deveriam ter ouvido os conselhos dos pais.

Tavinho, por sua vez, dava-se conta desse estado degradante da relação, o que muito o incomodava. Sentia-se como se fosse o marido e, em sua imaginação, o outro é que era o amante. A voluptuosidade, o ímpeto, o mistério estariam agora ao lado do rival, enquanto a ele restavam a televisão e os bocejos de Ludmila. Decidiu dar o ultimato:

— Precipitação, Ludmila! Eu quero regularizar a situação agora!

Ludmila tentou o plano B. Aproximou-se carinhosa.

— Você está ansioso, eu entendo. Olha, ainda essa semana eu vou ter uma conversa com o Figueira.

— Essa semana, não. Hoje! E eu que vou ter uma conversa com o Figueira.

Otávio pegou o telefone e discou com decisão. Ludmila, paralisada, não conseguiu pensar num plano C.

— Alô. Por favor, eu gostaria de falar com o senhor Régis Figueira.

Pausa. A primeira barreira havia sido ultrapassada.

— Diga que é da... — Otávio pensou um instante: o jeito seria recorrer à empresa para furar o bloqueio da secretária. — Da Lógica Logística, assunto de interesse dele.

Novo lento e profundo silêncio. Ludmila olhava para as paredes do quarto em que se encontravam. Seu segundo lar. Nada seria como antes.

— Não pode atender agora?

Tavinho sentiu seu ímpeto inicial se esvair, como uma válvula que se abre e deixa escapar a pressão. Mas não se rendeu:

— Diga que eu volto a ligar.

E ligou mesmo, uma hora depois, sob o olhar preocupado de Ludmila. A secretária do Dr. Figueira informou que ele encontrava-se em reunião. Uma hora depois, a reunião não havia acabado. Tavinho ligou mais duas vezes. "Reunião da diretoria é fogo", confidenciou a secretária, já íntima do Tavinho. Sugeriu que ele ligasse no final da tarde. Ele ligou. A secretária, um tanto constrangida, informou que o senhor Figueira saíra da sala irritado e passou por ela voando, indo embora da empresa.

— Meu Deus, preciso chegar em casa antes do meu marido! — exaltou-se Ludmila ao saber da informação.

Vestiu seus sapatos, arrumou o vestido, conferiu-se no espelho. Deu um beijo discreto em Tavinho e saiu, não sem antes dizer que tudo iria se resolver. Otávio observou a tudo desolado, com a nítida sensação de que Ludmila iria se encontrar com o amante.

Compreensão tem limite

Um encontro marcado pela internet. Para uns, o grande dia. Para Ramon, a catástrofe anunciada.

O motivo era simples. Ramon era feio. Aliás, não somente isso. Era de uma feiura inominável, quase agressiva. Nem sua mãe o achava bonito. Na maternidade as enfermeiras recusavam-se a carregá-lo.

Teve só uma namoradinha. A família dela incentivou, mas proibiu o relacionamento depois que o conheceu. Disseram que a filha era muito nova para namorar. Ela tinha 28 anos.

Por isso, seus contatos com o sexo oposto eram pela internet. Pela rede, protegido pelo anonimato, arriscava seus galanteios. Nunca mandava fotos. Mas a estratégia logo falhava. Nos dois encontros que marcou, uma das moças simulou um ataque de asma e a outra ameaçou processá-lo.

Agora, com Priscila, agiu diferente. Depois de alguns meses de bate-papo, ela pediu uma foto e ele mandou, esperando receber um xingamento de volta. Ramon estava disposto a ressarcir o tempo que ela perdeu.

Mas ela não disse nada. Pelo contrário: mandou de volta uma foto dela. Priscila era deslumbrante. Desde aquele dia Ramon passou a ter sonhos com ela. O problema é que quando ele entrava em cena os sonhos viravam pesadelos e ele acordava assustado. Priscila continuou os encontros pela internet normalmente, e Ramon considerou que se tratava de moça educada, que estava dando uma pausa depois da foto para que ele não se sentisse tão mal.

Um dia, porém, ela propôs um encontro. Ele devolveu com um "tem certeza?", que nas entrelinhas queria dizer "viste bem a estampa do garoto?" Aceitou o encontro para o domingo, e viveu uma semana de paranoias. Talvez ela achasse que a foto dele era uma brincadeira. Ou talvez ela tivesse mandado uma foto falsa: era na verdade uma mulher horrenda, cheia de espinhas, cabelo ensebado, óculos fundo de garrafa, gorda, pêlos pelo corpo, nariz grande. Enfim, um pouco mais bonita que ele.

Os poucos amigos de Ramon o estimulavam:

— Vai lá. Decepciona logo de uma vez assim você tira isso da cabeça.

Ramon foi. Numa sorveteria, viu de longe Priscila numa das mesas. Ela era exatamente igual à foto. Melhor, porque se mexia. Pensou em ir embora. Não podia conspurcar aquela beleza com sua feiúra.

Tarde demais. Priscila o reconheceu. E não desmaiou. Ele se sentou com ela, quase pedindo desculpas. Priscila começou a conversar empolgada. Além de tudo, era simpática. Ramon começou a ficar desconfiado. Talvez ela fosse ativista de alguma seita pela erradicação da feiura. Ele se lembrou de quando se engajou numa passeata pelo meio ambiente e quiseram enquadrá-lo por poluição visual.

— E você? Me fala de você — Priscila interrompeu as divagações de Ramon.

Ele tentou balbuciar algumas palavras, mas era tímido. E chato. Era agora que ela iria pedir a conta, pensou. Mas não. Ela sorria com seus dentes brancos prestando atenção nas bobagens que ele falava.

Em determinado momento Priscila o convidou para irem a um lugar mais tranquilo. Bingo. Tratava-se de uma nova modalidade de prostituição, que coopta clientes horrorosos para colocá-los diante da única oportunidade na vida de terem uma mulher estonteante, o que os faz pagar o dinheiro que for. E funciona, pois àquela altura Ramon estava disposto a assinar um cheque de qualquer quantia. Se tivesse dinheiro.

— É que... eu estou meio desprevenido.

— Não tem problema, o sorvete é por minha conta — Priscila logo entendeu o recado.

— Não, não é isso. Pro sorvete até que eu tenho.

Priscila olhou-o com sensualidade.

— O motel eu pago também.

— Motel!? — um frio subiu pela espinha de Ramon, eriçando os pêlos do seu corpo. Ficou parecendo um gorila no cio. — O problema é que eu não tenho para pagar o... serviço.

Priscila ficou em total silêncio. Depois explodiu em gargalhada. Disse que não era prostituta, e que ele a divertia. Tinha gostado dele, tanto pela internet quanto pessoalmente. E ria, enquanto pegava na sua mão.

No caminho do motel, Ramon elaborou mais uma hipótese: tratava-se de uma obra de caridade, um projeto social. Afinal, hoje em dia tem ONG pra tudo. Priscila parecia ler seus pensamentos. Disse que não ligava para beleza, isso era o que menos importava. Sabia ver outros aspectos das pessoas, mais profundos. E tinha se encantado com ele.

Entraram no quarto. Ramon sempre desconfiado: uma pegadinha de tevê, uma brincadeira do pessoal do escritório, um travesti.

Priscila tirou a roupa e era uma mulher perfeita. Começou a despir Ramon. Ele se desculpou pela barriga, sabe como é, andava sem tempo de fazer exercício. Ela nem ligou. Começou a beijá-lo e Ramon, entre a excitação e o desvario, murmurava "eu não mereço, eu não mereço".

Tanto achou que não merecia que, na hora agá, falhou. Virou para o lado e pensou se talvez tivesse um revólver na gaveta do criado-mudo. Era um pulha, um nada, uma vergonha para a família e para a sociedade. Merecia a pena capital. Priscila se aproximou por sobre seu ombro, com seu hálito quente e fresco, e disse tudo o que ele não queria ouvir:

— Não fica assim. Isso acontece.

A camareira entrou correndo no quarto com a chave reserva. A tempo de ver a imagem daquele homem horrendo sobre a cama, nu, empunhando o abajur como uma espada em direção à moça bonita e gritando histericamente:

— Compreensão tem limite! Compreensão tem limite!

História macabra

Em uma tarde em que foi até a esquina comprar cigarros Brandon descobriu que sua sombra o perseguia. Assustado, em sua mente passou um filme de sua vida em que ela, sempre ela, estava lá, dividindo a cena como personagem principal. Uma vilã que não só vivia nas sombras como era a própria sombra, vigiando-o dia e noite, sabendo de tudo o que ele fazia, inclusive seus segredos mais íntimos como o prazer que tinha em passar pincel de barba nos mamilos. Assombrado, assombração... tudo agora fazia sentido.

Brandon passou a temer aquele ser sempre à espreita. Tentou convencer a si mesmo que era melhor ter o inimigo por perto, mas não adiantou. Depois passou a tentar antecipar os movimentos da sombra, mas cada vez que virava rápido a cabeça para flagrá-la, ela, dissimulada, virava também. Era pérfida. E aquele seria um convívio para o resto da vida.

    Em uma noite de lua cheia Brandon caminhava pela rua vazia. Apenas o som de seus passos e a sombra silenciosa o seguindo. Virou para trás e ela estava lá, especialmente alongada naquela noite. Correu o mais rápido que pôde, mas a sombra era tão rápida quanto ele. Dobrou esquinas, pulou poças d'água, gritou por socorro. Quando parou, sem fôlego, ela ainda estava lá, agora à sua frente. Ameaçadora. Brandon se suicidou com 15 facadas no peito, mas com a certeza de que a sombra enfim o apunhalara.

O primo de Deus

A culpa pelos fanáticos, pelos intolerantes, pelos doutrinadores, pelas guerras santas, pelo Oriente Médio, pela Idade Média, a culpa pelo ódio religioso, o pivô do pecado original, o sujeito que nos enxotou do Paraíso, que nos colocou de joelhos, o que vê o cisco no olho do inimigo, a serpente, o culpado por tudo isso que está aí é um só: o primo de Deus.

Não que seja má pessoa. Irresponsável, é certo. A explicação é simples. As pessoas procuram Deus, mas Deus não é um tipo muito sociável. Prefere ficar na Dele, longe de sua criação, despido de qualquer vaidade em relação à Sua obra. Não sentou sobre os louros da fama por ter criado o universo infinito nem para pra ler as críticas, que devem ser infinitas.

Quem criou tudo não tem mais nada a fazer, ora essa. A Deus só restou o descanso pela eternidade, embora se diga que descansou só em um dia, o sétimo. De lá pra cá deve estar se dedicando a outros projetos.

O homem, xodó do Senhor, que cuide de si mesmo. O livre arbítrio está aí para ele fazer as arbitrariedades que quiser. O que não dá é ficar carregando o homem nas costas a vida inteira. Haja onipotência.

Além do mais, se o Todo Poderoso botar a cara pra fora a fila de gente pedindo coisas ia dobrar o quarteirão do planeta. Se a Terra fosse quadrada, naturalmente. Fora o que ia pintar de paparazzi.

Sendo assim, mesmo correndo o risco de parecer pedante e antissocial, Deus decidiu jamais aparecer para ser humano nenhum. E o homem — digo, o Deus — tem palavra. Não é como porteiro de boate, que se rolar um uisquinho ou uma donzela mais atrevida, pode passar, sabe como é. Não, no caso do Senhor, se desse o privilégio pra um tinha que ser pra todo mundo. E todo mundo, no caso, seria realmente todo o mundo.

E assim fez-se o sumiço.

Acontece, porém, o seguinte. Raciocinem comigo. Em toda família que tem um bem-sucedido — não precisa ser grande coisa, não, pode ser o sujeito que chegou entre os 100 na São Silvestre —, pois é, mesmo nesses casos sempre há um parente que preferiu ficar na cerveja mas quer pegar carona no êxito alheio.

Quase sempre quem cumpre o papel é um primo ou cunhado. O primo foi promovido a supervisor técnico auxiliar e o carona começa a cantar a mulherada da firma, com o papo de que o outro sempre se inspirou nele. O cunhado é artilheiro do campeonato do clube e ele lembra os tempos em que lhe aplicava dribles desconcertantes.

O parasita do sucesso é sempre infinitamente mais vaidoso do que o titular. Ele é a sombra de quem está no pódio, o cara que na fotografia sorri mais que o homenageado.

Considerando que Deus não tem cunhado, pelo fato notório de nunca ter casado e não haver registro de irmãs, quem assumiu o posto foi o primo. Esse sim gosta de aparecer. A reclusão do Primo famoso em contraste com o frenesi que provoca é o paraíso pra ele. O parente célebre é citado a todo instante, chegou a ser quase tão famoso quanto os Beatles. Já que o Primo não quer os holofotes, ele quer.

Conclui-se que toda vez que um indivíduo, ou grupo, ou seita, ou comunidade, vilarejo, líder, pé-rapado, chefe de estado, fiel, crente, temente, alucinado, entorpecido, embriagado, acidentado, iluminado, convertido, ex-pervertido, ex-desajustado, guru, messias, milagreiro, pregador, pagador de promessa, ermitão, beata, profeta, desapegado, destrambelhado, lunático, fanático, pinel, coroinha, paranormal, mago, místico, asceta, mandingueiro e procissões inteiras afirmarem que viram Deus, na verdade não viram Ele, mas ele, o primo.

Que, evidentemente, não fez questão alguma de ser renegado a um mero parente divino. Se o questionaram se era Ele mesmo, o Deus em pessoa, o primo não hesitou em confirmar e contar sua história. "No princípio era o verbo, aí a coisa foi indo, foi indo..."

Como disse, não por má índole, mas por tratar-se de figura galhofeira e cuca fresca em excesso. O primo não é muito chegado em medir consequências, em ponderar prós e contras, essa coisa toda. Ele quer mais é levar a vida na harpa. Seu alimento são as honrarias que recebe no lugar do Outro.

Algumas vezes a consciência pesou (influência do Primo) e ele resolveu abrir o jogo com o interlocutor. Deus é inacessível. Nem ele, que é primo, veja você, o tinha visto, que dirá um visitante que nem é da família? E ainda aconselhava: esquece essa história de ver Deus e vai cuidar da vida, malandro.

Mas não adiantava. A pessoa estava convencida de que ele era Deus sim, negando que o era em sua infinita modéstia.

Então, um dia o primo concluiu que a culpa nem era dele. Ele queria se passar por Deus, a humanidade queria que ele se passasse por Deus, então negócio fechado. E assim ele vai levando a vida que pediu ao Primo. Sempre na crista da onda, sem preocupações nem crise existencial. Só de vez em quando entra numas de filosofar: Já pensou se meu Primo não existe?

Aí pensa: que diferença faz? E volta pro seu jogo de pôquer.

Este livro usa a fonte tipográfica Minion 12/17
sobre papel Polen Bold 90 g/m².